高谈文化

中外动物小说精品

豺王泪

沈石溪等 著

时代出版传媒股份有限公司
安徽少年儿童出版社

图书在版编目（CIP）数据

豺王泪/沈石溪等著.—合肥：安徽少年儿童出版社， 2015.1（2015.7重印）
（中外动物小说精品）
ISBN 978-7-5397-7402-2

Ⅰ.①豺… Ⅱ.①沈… Ⅲ.①儿童文学—短篇小说—小说集—世界 Ⅳ.①I18

中国版本图书馆CIP数据核字（2014）第155733号

ZHONGWAI DONGWU XIAOSHUO JINGPIN CHAIWANG LEI

中外动物小说精品·豺王泪　　　　　　　　　　　　　　沈石溪等　著

出 版 人：张克文　　　总 策 划：上海高谈文化　　　责任编辑：宣晓凤
责任校对：吴光勤　　　责任印制：田 航　　　　　　特约编辑：夏永为
出版发行：时代出版传媒股份有限公司　http://www.press-mart.com
　　　　　安徽少年儿童出版社　　E-mail：ahse1984@163.com
　　　　　新浪官方微博：http://weibo.com/ahsecbs
　　　　　腾讯官方微博：http://t.qq.com/anhuishaonianer（QQ：2202426653）
　　　　　（安徽省合肥市翡翠路1118号出版传媒广场　　邮政编码：230071）
　　　　　市场营销部电话：（0551）63533532（办公室）　 63533524（传真）
　　　　　（如发现印装质量问题，影响阅读，请与本社市场营销部联系调换）
印　　制：安徽新华印刷股份有限公司
开　　本：635 mm×900 mm　　1/16　 印张：12　　字数：120千字
版　　次：2015年1月第1版　　 2015年7月第5次印刷
ISBN　978-7-5397-7402-2　　　　　　　　　　　　　　定价：16.80元

序：动物小说的灵魂

沈石溪

　　20世纪上半叶，西方生物学派生出一门新的边缘学科——动物行为学。传统生物学与动物行为学在学术观念、观察角度、研究手段和考察方法等方面都有显著差异。传统生物学注重被研究者的共性，热衷于调查物种的起源、种群分布的情况，给形形色色的动物分门别类，根据动物的生理构造和特化器官，确定该归于什么纲什么目什么类什么科什么属，分析动物的食谱，解释某种动物与某种环境的依存关系，观察动物的发情时间与交配方式，了解动物的繁殖机制等。动物行为学家对动物的社会结构、情感世界和个体生命的表现投注了更多的研究热情，透过动物特殊的行为方式，从生存利益这个角度，来寻找产生这些行为的原因；在研究动物行为的同时，其严肃理性的目光也注视人类行为，在动物行为与人类行为间勾画出一条清晰可辨的精神脉络，给人类以外的另类生命带去温暖的人文关怀。

　　我喜欢读动物行为学方面的书，每当偷得浮生半日闲，躺在摇椅上，捧一杯清茶，翻开奥地利动物学家、诺贝尔生物医学奖获得者、动物行为学创始人康拉德·劳伦兹的《攻击与人性》，或者浏览美国生物学家、动物行为学先锋斗士E.O.威尔逊的名著《昆虫社会》，或者阅读西方最负盛名的动物行为学家罗伯特·杰伊·罗素的力作《权力、性和爱的进化——狐猴的遗产》，深深被大师们严谨的作风、渊博的知识、犀利的目光、翔实的资料、风趣的语言和无可辩驳的论点所折服，心灵受到强烈震撼，精神引发巨大共鸣。我相信，动物行为学具有无限广阔的发展前景，能找出人类行为发生偏差的终极原因，是医治人类社会种种弊端的灵丹妙药，为人类把握正确的进化方向提供了牢靠的坐标。

这也许是我个人的偏爱，有点言过其实了。可动物行为学家们通过长期观察动物生活提供的许多例证，确实对人类社会具有振聋发聩的作用。

例如，解释大熊猫为什么会濒临灭绝，一般认为有两个原因：一是人类大量开荒种地破坏了大熊猫的生存环境，二是大熊猫食谱单一，只吃箭竹，属于适应性较差的特化动物。但动物行为学家却另辟蹊径，通过大量调查研究后认为，大熊猫濒临灭绝除了环境和食谱外，还有另外两个原因：第一，大部分动物都有巢穴，尤其是母动物产崽期间都要寻找一个隐蔽安全的地方当作自己的窝，而大熊猫是典型的流浪者，头脑中没有"家"的概念，追随食物四处游荡，吃到哪里睡到哪里，产崽育幼期的母熊猫也同样如此，颠沛流离的生活对刚刚出生的幼崽来说显然是有害无益的，风餐露宿，再加上食肉兽的侵害，幼崽存活的概率很小；第二，丛林里凡生存能力不是特别强，而幼崽又须经过很长一段时间精心养育才能独立生活的动物，如狼、豺、狐、獾、鼠和鸟类等，大多实行双亲抚养制，雄性和雌性厮守在一起共同养育后代，而大熊猫生性孤僻，雌雄间感情淡漠，只有性没有情，发情期雌雄凑合在一块做一回露水夫妻，完事后各奔东西，谁也不认识谁了，清一色的单亲家庭，母熊猫单独挑起抚养幼崽的重担，母熊猫通常一胎产双崽，但过的是没有窝巢的流浪日子，不可能一条胳膊抱一只幼崽走路，又没有配偶替它分担困难，只有在两只幼崽中挑选一只抱走，另一只幼崽就被遗弃荒野了。单身母亲的日子过得好艰难，遭遇危险找不到帮手，头疼脑热得不到照应，稍有不慎，唯一的幼崽便会夭折，繁殖后代生命延续的链条就此断裂。

比照我们人类社会，许多人不珍惜温馨的家，把家看作累赘，把家看作是牢狱，弃家不顾、离家出走、天涯飘零，去过所谓的潇洒生活，面对大熊猫濒临灭绝的事实，难道还不该及时醒悟吗？再看如今社会越来越多的单亲家庭，独木难支的困窘，是不是也该从大熊猫生存路上艰难的步履里，吸取某种教训？

在动物面前，人类常常犯自高自大的错误。人类有一种根深蒂固的偏见，总认为自己是高等生灵、动物都是低等生灵，自己是天地间主宰、动物是任人摆布的畜生。不错，人类是地球上进化最快的一种动物，学会直立行走，使用语言文字，用勤劳的双手和智慧的头脑创造出无与伦比的现代文明。然而，人是由动物进化来的，地球存在生命已有数亿年历史，人类的历史不过几千年，人类这种动物在进化成人类以前曾经过漫长的动物阶段，动物的本能、动物的本性在人类身上根深蒂固，不可能在几千年短暂的进化过程中就把数亿年养成的动物性荡涤干净。科学家证实，文化属性与生物属性是构成人的行为的两大要素。人的一部分行为受制于社会大文化，传统势力、伦理道德、风俗习惯、政治说教、宗教戒条、法律法规、民情民风、乡规民约，不断修正和规范你的所作所为，迫使你去做这件事而不去做那件事，这就是行为的文化动因。人的另一部分行为受制于生物本能，贪婪好色、权欲熏心、天性好斗、自私自利、妄自尊大、好逸恶劳、贪图口福、嫉妒心理，又时时产生难以抑制的冲动，驱使你去做那件事而不去做这件事，这就是行为的生物动因。假如某人的行为，既带有合理的生物本能，又符合社会大文化的要求，就是一个真实自然的好人；假如某人的行为，完全抑制生物本能去迎合社会大文化的苛刻要求，存天理灭人欲，就是一个虚伪矫情的假人；假如某人的行为，放纵生物本能，弃社会大文化于不顾，就是一个凶残狠毒的坏人。有一句话说，人类一半是天使一半是魔鬼，讲的就是这个道理。

动物行为学剖析发生在动物身上有利于生存的合理的善的行为准则，让人类学习借鉴，变得更像天使；揭示发生在动物身上不利于生存的荒谬的恶的行为准则，让人类去铭记教训，更自觉地远离魔鬼。

曾有某药物研究所做过这么一个令人发指——不——是令动物发指的实验，为了证实某种戒毒药物是否有效，人们给一只红面猴注射毒品（实验本身就证明了人类对待动物是何等霸道、残忍和阴险，人类自己心灵扭曲得还不够，自己被海洛因毒害得还不够，还要把罪恶强加在无辜的动物身上）。两三次后，可怜的红面猴就成了吸毒者，一见到穿白大褂的管理员，立刻就会从铁笼子里伸出手臂，哀哀啸叫，恳求人们替它往静脉血管打针。倘若不满足它的要求，它会用自己的脑袋撞铁笼子，撞得头破血流也在所不惜；假如还不能达到目的，就咬自己的爪子和身体，把自己咬得满身血污。一旦人们掏出注射器，它会跪伏在地下，猴嘴从铁杆间伸出来，谄媚地亲吻管理员的裤腿和鞋。过去它在动物园生活时曾被热水瓶烫过一下，由于条件反射作用，平时最害怕看见热水瓶了，远远看见有人提着热水瓶走过来便会吓得躲起来。有一次它毒瘾发作，手臂从笼子里伸出来，工作人员提着热水瓶来吓唬它，它竟然无动于衷，将开水淋在它的手臂上，它也不肯把手臂缩回去。这是只雄红面猴，被买来做实验品前，曾与一只雌红面猴相好，据动物园饲养员介绍，这对红面猴青梅竹马、卿卿我我，感情很甜蜜。把那只雌红面猴牵了来，关进同一只铁笼子，希望能由此减弱雄红面猴对毒品的过分依赖。它们分开时间也不过二十来天，天涯苦相思，意外又重逢，正所谓"小别胜新婚"，那雌红面猴一见到雄红面猴激动得浑身颤抖，恨不得立刻与之紧紧相拥在一起，但雄红面猴却面无表情，冷冷地瞥了对方一眼，就像看到一只陌生猴一样没有任何反应。过了一会儿，雄红面猴毒瘾上来了，哈欠连天，鼻涕口水滴滴答答，抓住铁栏杆使劲摇晃，发出呦呦哀叫声。管理员从甬道走过来了，雄红面猴迫不及待地将手臂从铁笼子里伸出去。雌红面猴出于好奇，也趴在笼壁上看热闹。雄红面猴大概以为雌红面猴要同自己争抢毒品，勃然大怒，揪住雌红面猴穷凶极恶地大打出手，比打冤家下手还狠，啃下一口口猴毛，抓出一道道血痕，要不是管理员闻讯赶来打开铁门救出遍体鳞伤的雌红面猴，后果不堪设想。雄红面猴被人类强行注射毒品后的行为表现，与人类社会瘾君子如出一辙，丝毫没有区别，同样丧失理智、丧失人格、丧失自尊、感情冷漠、道德沦丧，成为一具还在呼吸的行尸走肉。

　　实验的结局颇出人意料又耐人寻味，戒毒药物也不起什么作用，由于过量注射海洛因，雄红面猴奄奄一息了，整整两天不吃不喝，有气无力地躺在地上，眼皮耷拉，连叫都叫不出声了，只有那条布满针眼的手臂还顽强地伸出铁笼子，手掌朝上、瑟瑟抖抖做乞讨状。药物研究所决定给它注射最后一针大剂量毒品，减少它临终前的痛苦，让它在虚幻的快感中结束生命，也算是人类的一种仁慈。同时也决定，将那只雌红面猴牵来继续做相同的实验。

　　拿着注射器的管理员和那只雌红面猴几乎同时来到铁笼子旁。雄红面猴混浊的眼光落在雌红面猴身上，就像快要燃尽熄灭的炭火被风一吹又短暂地烧旺，那双垂死的眼睛骤然发出一道骇人的光芒。就在管理员针头快要刺进雌红面猴静脉血管的一瞬间，雄红面猴奇迹般地"复活"了，伸出铁笼子的前爪突然抓住管理员的手腕，拖进铁笼子去，张开嘴一口咬住管理员的手掌。管理员撕心裂肺地惨叫起来，那只灌满毒品的注射器掉在地上，跌得粉碎。人们赶紧来帮管理员，七手八脚强行将猴嘴撬开，雄红面猴早已气绝身亡，只有那双猴眼还瞪得溜圆，一副满腔怨恨死不瞑目的可怕模样。雄红面猴在生命的最后一刻，幡然醒悟，天良发现，为了抗议人类的暴行，也为了不让自己所爱的雌红面猴步自己的后尘，做出了一只垂死猴子所能做出的反抗行为。较之人类社会那些执迷不悟、心甘情愿在毒品泥潭里越陷越深的瘾君子和那些为了自己发财致富、不惜将千家万户推入"火坑"的毒贩子来，雄红面猴似乎更配"人"这个高贵的称呼。

人和动物之间并不存在不可逾越的鸿沟，人和动物之间的差别并没有我们想象的那么大，在某些领域，人和动物的差距是微乎其微的，仅仅隔着一根头发丝的距离，稍有不慎，人就有可能变得像动物，甚至变得比动物还不如。

只要用心去观察，不难发现在情感世界，在生死抉择关头，许多动物所表现出来的忠贞和勇敢，常常令我们人类都汗颜，让我们自愧弗如。

这就是动物小说的灵魂，这就是动物小说能超越时间和空间，为世界各地不同民族、不同肤色的一代又一代读者所喜爱的原因。

是为序。

目　录

豺王泪/沈石溪·····················001

奇猫小传/［加］西　顿···········047

狼行成双/邓一光···················091

狐狸妈妈/卢振中···················103

高原神豹/王　族···················117

"土匪"狒狒/［俄］玛·罗吉安诺娃·····137

野狼谷/王凤麟·····················145

豺王泪

沈石溪

连续几天交厄运

埃蒂斯红豺群行进在风雪弥漫的尕坞儿草原上。七八十只雌雄老幼个个无精打采，耳垂间、脑顶上和脊背凹部都积着一层雪花，宛如一支戴孝送葬的队伍。每只豺的肚皮都是空瘪瘪的，贴到了脊梁骨，尾巴毫无生气地耷拉在地，豺眼幽幽地闪烁着饥饿贪婪的光。队伍七零八落拉了约两里长。

"嗬叽——"

豺王索坨纵身跳上路边一块突兀的岩石，居高临下向豺群大声地嗥叫。它想把落到后头的那几只豺叫唤上来。埃蒂斯红豺群历来在狩猎途中都用方块或圆形的阵容向前推进的，这是对地域环境的适应和由此而派生出来的最佳生存选择。

豺虽然生性凶猛但身体瘦小，不仅比不过狼，比一般草狗还小了整整一圈。若要单个和食肉猛兽较量极难占据上风，也无法把中型和大型食草动物列入自己的食谱。只有依靠群体的力量才能在弱肉强食的丛林中占有一席之地。方块或圆形的阵容既象征着群体的不可分割，让食肉猛兽望而生畏，又有利于豺王在碰到突发事件或不期然遇见猎物时能及时有效地进行调度指挥。

　　遗憾的是，索坨连叫几声，豺群毫无反应，队伍仍然松松垮垮得像条脊椎骨被抖散的蛇。真是白费了唾沫！索坨很悲伤，豺王的传统权威受到了饥饿的挑战。

　　鹅毛大雪一连下了好几天，日曲卡山麓一片白茫茫，尕玛儿草原像铺了一层厚厚的白地毯，古戛纳河也结起了冰层。埃蒂斯红豺群虽然是雪山草原堪称一流的狩猎部落，但在如此严寒恶劣的气候条件下却也碰到了生存危机。那些品种繁杂的食草类动物不是集体迁移到南方去越冬，就是藏在洞穴里冬眠，像雪兔、山獾、牦牛这些少得可怜的既不迁移也不冬眠的食草类动物，也由于寒冷而躲在山旮旯或丛林某个隐蔽的岩洞内不敢轻易出来。就算有个别动物耐不住饥饿冒险走出窝巢，湿重的冷空气会盖住它们的气味，呼啸的风会掩饰它们的声音，急骤降落的雪花又会用极快的速度抹平它们的踪迹。

豺在这样的气候下，灵敏的嗅觉、视觉和听觉能力似乎都减弱了。唯一有把握的狩猎方式，就是寻找到食草类动物冬眠或藏身的洞穴。这办法虽然不错，但莽莽雪山、辽阔草原，要寻找到恰巧里头有丰盛晚餐的洞穴，简直就是大海捞针，全凭运气，全靠机遇，全仰仗那变幻莫测的偶然性。埃蒂斯红豺群也不知什么地方得罪了山神，连续几天交厄运，搜索了近百个坑坑洼洼和石缝洞穴，一无所获。

民以食为天，豺以食物为宇宙。

饥馑像个黑色的幽灵徘徊在埃蒂斯红豺群中。

昨天半夜，豺群中那只名叫朗朗的豺崽被冻死了。豺群社会对死亡早已司空见惯，没有出殡，也没有葬礼，母豺只在夭折的豺崽面前号叫几声也快快地离开了。豺群社会也没有守灵习惯，朗朗的尸体就丢弃在宿营地旁的一条暗沟里。今早天亮后，索坨无意中溜达到暗沟前一看，朗朗只剩下一副白骨了，连眼珠和尾巴都被啃食得干干净净。白花花的尸骨旁的雪地里留着一片凌乱的豺的足印。

索坨差点没急晕过去。

虽然豺和狼同属哺乳类食肉目犬科动物，虽然在人类的词典里豺和狼经常被捆绑组合在一起使用，但它们终究是两种类型的猛兽，各自有着不同的品性。狼在食物匮乏的冬季，在饥饿状态下，有啃食重伤或死亡同类的习俗。在狼的观念里，与其把同类的肉留给其他肉食类飞禽猛兽或蚂蚁来享用，还不如自己享用更实惠些，这或许可称之为奇特的腹葬。

豺的观念却和狼不同，豺把食用同类的尸体视作恶习，视作不可原谅的罪孽，视作一种无形的禁忌。豺对死亡的同类虽然不像人类那样使用繁复的仪式进行土葬、火葬、水葬、天葬，却也宁肯让其暴尸山野，让秃鹫、蚂蚁或其他猛兽来代为清理。

说不清是狼的观念更现代些，还是豺的做法更合理些，但起码是两种截然不同的习俗。

可今早暗沟内的情景使索坨无法回避这样一个铁的事实：一些豺正在打破豺群社会的禁忌，啃食同类的尸体。

在野生动物中，尤其在具备尖爪利牙的食肉兽中，社会禁忌十分重要，可以说是群体赖以生存的准则和法规。例如猛禽金雕实行严格的一夫一妻制，有一条重要的禁忌就是第三者不准插足。禁忌起源于这样一个事实，两只脾气暴躁的雄金雕一旦为求偶而争斗时往往同归于尽。孟加拉虎的生活中有这样一条禁忌，就是雄虎不准逗留在带崽的雌虎身边，防止在一种特定的情势下，粗心而又贪婪的雄虎会伤害毫无防卫能力的虎崽。食草动物高鼻羚羊也有禁忌，公羊在争夺头羊地位的过程中，只能用炫耀头上的尖角和发达的四肢进行象征性的较量，争斗仪式化、舞蹈化、戏剧化，绝不动真格的——用犀利的羊角去刺击对方。如果没有这条重要禁忌，全世界高鼻公羚羊恐怕都已死于无法克制的频繁发生的争夺社会地位的搏斗中了。

打破禁忌是十分危险的。

索坨今早在朗朗的骨骸前忧心如焚地伫立了很久。今天啃食同类的尸体，明天就有可能对豺群中的老弱病残者进行扑咬；今天是悄悄地趁着夜幕的遮掩，干盗食同类尸体的勾当，明天就有可能在光天化日下，明目张胆地进行自相残杀。这将是一场毁灭性的灾难。

索坨并非在自寻烦恼，尕玛儿草原确实曾发生过这样的悲剧。和埃蒂斯红豺群毗邻的古戛纳棕豺群，有一只大公豺不知是神经有毛病，还是确实饿急了眼，在众目睽睽下把一只还没咽气的病豺咬断喉管并饮血啖肉，旁观的十几只公豺，一半出于惩罚疯豺，一半出于对食物的渴望，群起而攻之，把那只胆敢打破禁忌、咬食同类的大公豺咬死并吞食了。从此，古戛纳棕豺群不得安宁，三天两头发生同类相食的惨案。短短的一个冬天，豺群所有的大公豺几乎都死于非命，好端端的一个豺的大家庭遭到灭顶之灾。

这是惨不忍睹的血的教训，索坨说什么也不能让自己的埃蒂斯红豺群重蹈古戛纳棕豺群的覆辙。

作为豺王，索坨对自己的臣民了如指掌。站在尸骨前，不用嗅闻气味，它一眼就从凌乱无序的雪地足迹上认出是独眼豺、白脑顶、兔嘴多多、短尾巴罗罗等七八只大公豺干的缺德事。但它无力对它们进行惩罚。法不责众这条规律不仅适用于人类社会，同样适用于动物世界。再说，这些触犯禁忌的大公豺都是埃蒂斯红豺群的中坚和精华，从某种意义上说，惩处它们就等于在自毁种群。

要想阻止啃食同类这种狼的恶习在豺群中蔓延，唯一的有效办法就是尽快捕捉到羚羊或麋鹿之类的可以果腹的食物。

风愈刮愈紧，雪愈下愈猛，天空乌黑乌黑像蒙着块丑陋的鳄鱼皮。举目望去茫茫雪山草原连个活动的影子都看不到；顶着风耸动鼻翼，除了雪的阴冷的气息，闻不到任何鲜活的生命气息。猎物在哪里？食物在哪里？

豺们更加灰心丧气，队伍走得更加散乱。

索坨心里沉甸甸的像压着一块千斤巨石。

狡猾的母野猪

苍天有眼，山神开恩，埃蒂斯红豺群绝路逢生。黄昏时豺群经过猛犸崖，突然发现了这个野猪窝。

这个野猪窝隐蔽得十分巧妙，坐落在猛犸崖脚下一个不显眼的旮旯里，一块巨大的鱼鳞似的薄薄的石片，像块天然洞盖盖住了洞口，只在洞口斜面有条可供出入的浅浅的石缝。石缝间蔓生着野蒿、紫藤、骆驼草、酸枣刺，虽然是冬季，这些植物的叶子都枯萎了，但枝条间挂满了层层叠叠的雪片，给本来就隐秘的石缝挂了道厚实的雪帘。要是没有猪崽叫，即使豺群从雪帘洞前经过，也未必就能发现这个野猪窝。

本来豺群在离雪帘洞很远的那片白桦树林里行进，谁也没有想到要去光秃秃的猛犸崖下进行搜寻。突然间空寂的山野传来吱吱的猪崽叫声。

猪崽的叫唤声虽然十分微弱、十分短促、似有似无，但几乎每一只豺都听得清清楚楚。霎时间，蓬松的豺毛紧凑了，黯淡的眼神明亮了，耷落的尾巴翘挺了，萎靡不振的队伍变得精神抖擞了。根本用不着索坨召唤，掉队的豺迅疾无声地赶了上来，以索坨为轴心，群豺缓缓地绕着圈圈，这是一种等候指令准备出击的圆形阵容。

有猪崽叫就有母野猪，野猪每胎起码产三至五头猪崽，足够埃蒂斯红豺群美美地饱餐一顿的了。

猪崽叫唤得正是时候，假如早些叫或晚些叫，也许豺群就永远发现不了这个野猪窝了。对豺群来说无疑是一种幸运、一种福气、一种造化。对那窝野猪来说当然是一种灾难、一种不幸、一种劫难。索坨无从猜测那只倒霉的猪崽怎么会在这性命攸关的时刻发出叫声的。也许这头猪崽特别淘气，天生就喜欢乱叫乱嚷；也许是一对猪崽在洞内闹架；也许是母野猪无意中翻身压疼了那只猪崽……

索坨前额上那两条紫色的倒挂眉毛陡地竖起来，甩了甩脑壳，率先朝猛犸崖跑去。群豺散成扇形向雪帘洞悄悄逼近。

贴近那条隐秘的石缝，这才嗅闻到一股野猪的臊臭味。那块平滑的屏风似的石板不仅遮挡了视线，还盖住了气味。这真是个巧夺天工的石洞。

豺群把洞口围得水泄不通。

"嗝——"索坨朝洞内发出一声试探性的嗥叫。

雪帘洞里寂然无声，半天没有动静。

对豺来说野猪虽然是可口的食物，却也是不好沾惹的家伙。野猪是一种杂食性动物，既吃竹笋、果根、野木薯等茎块植物，也吃雪雉、松鼠、野兔类小动物。野猪性情凶猛，凭着嘴里那副能掘开板结冻土的锐利的獠牙，敢和豹子周旋。

一只普通的草豹是很难对付一头成年野猪的。尕玛尔草原曾发生过草豹咬断了野猪的喉管、野猪咬开了草豹的肚皮，结果双双倒毙在血泊中的事。尤其是带崽的母野猪，有勇气同觊觎它的宝贝猪崽的天敌拼杀到流尽最后一滴血。野猪绝不会像其他食草类动物那样，面对豺群闻风丧胆、一味逃命。

索坨从乱石堆跳到雪帘洞前，将脑袋探进石缝去打量。

黑黢黢的石缝里闪烁着一双橙黄色的凶狠的眼睛。"嗷——"洞内突然爆响起一声粗重的嗥叫，又响起笨重的躯体在狭窄的石缝里朝前蹿扑的声音。一股恶臭扑鼻而来，一副青白色的獠牙也恶狠狠地朝前噬咬着。

雪帘洞里果然有一头凶相毕露的母野猪。索坨赶紧缩回脖子弹跳开去。它嗬嗬叫着，希望母野猪能追出洞来。但狡猾的母野猪没有上当，只在石缝口露了一下嘴脸，便很快将身体缩回洞里去了。

"嗬——嗬——嗬——嗬——"

豺群齐声朝雪帘洞发出让食草类动物心惊胆战的嗥叫。

母野猪吭哧吭哧在洞里喘着粗气，就是赖在石缝里不出来。这发猪瘟的家伙，肯定是知道自己一旦失去雪帘洞的依

托，便会受到豺群四面八方的追堵围歼。它待在这条十分狭窄的刚够一头野猪侧身挤进去的石缝里，完全不用担心来自左右和身后的威胁，只要集中精力对付来自正面的攻击就可有效地保卫自己的家庭安全。

这真是个一夫当关万夫莫开的险要地形，根本无法发挥豺的群体优势。倘若强攻，每次只容得下一只豺钻进石缝去施展噬咬的本领。而一只瘦小的豺在和一头庞大的野猪面对面交锋时是很难占到什么便宜的，尽管豺比野猪生性凶猛得多。母野猪有的是憨力气，又卧在石缝里以逸待劳，也不怕豺群搞什么车轮战术。

此刻的埃蒂斯红豺群与困守在雪帘洞内的母野猪是吃和被吃的关系，不可能用火线喊话、心理战策反的方法，让这头发猪瘟的家伙自动投降。在弱肉强食的丛林里没有俘虏和优待俘虏的说法；力的拼搏、爪的格斗、牙的碰撞、生与死的转换是解决矛盾的唯一方法。

或许可以用豺的智慧将那头负隅顽抗的母野猪引诱出洞，索坨想。譬如豺群佯装着因失去耐心而放弃这场狩猎，在母野猪的视界内撤出猛犸崖，然后远远地绕个大圈子悄悄埋伏在背风的雪帘洞左侧，等待母野猪出洞觅食时伺机下手。

譬如还可以让一只幼豺假装因饥寒交迫而倒毙在雪帘洞口，豺群呜咽着离去，当纷扬的雪花把装死的幼豺差不多掩埋起来时，母野猪或许会打消怀疑，钻出洞来试图将装死的幼豺拖回去当点心……

不不，这些办法不完美，都有缺陷，都要冒很大的风险。这头发猪瘟的家伙有的是时间和耐心，完全可能待在温暖如春、不受风雪侵袭的雪帘洞里，两三天不挪出洞口一步。豺群暴露在寒风大雪下，已整整三天没有觅到食物，别说再拖两三天，恐怕今夜就会被难以抵御的寒冷和难以忍受的饥饿诱发出自相残杀的灾祸来。那被当作钓饵的幼豺，恐怕等不到把母野猪诱骗出洞，自己就会被冻成冰柱。

索坨绝不能干这些赔本的买卖。它在雪帘洞前蹿来跳去，想找到一个把母野猪引诱出洞来的万无一失的办法。蓦地，它停住脚步，偏着脑袋，朝暮色沉沉的天空发出一声干涩的悲壮的嗥叫。

没其他办法了，看来，只有在豺群中挑选一只苦豺了。

最衰老的豺担当苦豺

苦豺是豺群社会里一种特定的角色，与人类社会中的炮灰、殉葬品、敢死队有点相似。当遇到一定要牺牲个体才能保全种族这样的严峻关头，苦豺就义无反顾地冲出来自我牺牲。

苦豺这种角色的产生不搞世袭制，不由豺王指定，也不是靠抓阄碰运气，不是按社会地位或阶级来排列，而是按一条十分简单的标准来遴选，那就是年龄加衰老度。凡扮演苦豺角色的一概都是步入暮年的老豺。当危急关头来临时，豺王的眼光在豺群中扫射一圈，最后落定在年纪最大、相貌最憔悴、唇须已经焦黄、犬牙已开始松动脱落的老豺身上。豺群所有的目光顺着豺王的视线也落在那只老豺身上，就算是豺王提议、全体豺民表决通过了。于是，那只倒霉的被选为苦豺的老豺，在豺群严厉的目光催逼下，无可奈何地走出队伍，神态或悲壮或悲切或悲哀，用自己残余的生命和还没冷却的血与狰狞的死神相扑。

在不需要苦豺的平常日子里，老豺在埃蒂斯红豺群中倒也会受到尊重与照顾。例如猎到了食物，缺乏抢食能力的幼豺和抢食能力已大大衰减了的老豺，也会公平地得到一份。例如在山洞里宿营，老豺会像幼豺那样被安排到雪花不易飘至、寒风不易钻透的洞底歇息，而由身强力壮的公豺守候在洞口。但在生死攸关的时候，豺群却会一点不讲良心地将老豺推了出去。

让群体中最衰老的豺担当苦豺，是埃蒂斯红豺群祖先传下来的习惯。

豺的理解是，老豺生命的烛光快熄灭了，与其让它毫无价值地自然死亡，还不如让它为群体更好地生存奉献最后的生命。危急关头必须要有一只豺去死，挑选幼豺会损害豺群的未来，挑选成年公豺或母豺会损害豺群的现在，挑选老豺只损害豺群的过去，而过去并不重要。对埃蒂斯红豺群来说，失去一只生命力已差不多衰竭的老豺，当然比失去一只生命力还很旺盛的年轻豺，损失要小得多。

在豺这样野性十足、靠杀戮为生的动物世界里，只有利害关系而没有道德准则，有利于群体生存的行为就是法律。

索坨登上豺王宝座两年多来，共发生过两次需要苦豺的紧急情况。第一次是在两年前的春天，豺群路过鬼谷时瞧见一只牛犊大小的虎崽，身边没有雌虎看守，豺群便来了个顺手牵羊，把虎崽给撕碎吞吃了。

谁料到豺群刚把虎崽吃完，雌虎就从树林觅食后回窝来了，虎啸声地动山摇。豺群虽然凶狠，却也不是猛虎的对手。鬼谷是条狭长的山谷，两边都是刀削斧砍般的悬崖峭壁，豺群无法化整为零。要是放任那只悲愤的雌虎随意追捕，说不清会有多少豺将被虎爪扭断脊梁，被血盆大口咬断脖颈。没办法，只好让老公豺尾尖黑担当苦豺。尾尖黑转身朝咬牙切齿的雌虎迎面冲撞，与雌虎拥抱厮杀拖延时间。当尾尖黑发出最后一声惨嗥被雌虎拦腰扯成两截时，豺群已成功地逃出鬼谷钻进密密匝匝的灌木林。

第二次是在去年冬天的一场罕见的暴风雪过后，饥饿难忍的豺群铤而走险到尕玛儿草原袭击一支在野外宿营的地质队。地质队草绿色的帆布帐篷旁用碗口粗的栗树条搭着一个牛圈，养着一头让豺垂涎三尺的肥肥胖胖的花斑奶牛。豺群悄悄逼近地质队的宿营地，看见雪地中有四条大狼狗在牛圈旁逡巡。大狼狗是狼和狗的杂交，既有狼的身躯和野性，又有狗的机警和忠贞，极难对付。只有先将四条大狼狗引开才能将牛圈里那头花斑奶牛杀死充饥。

开始索坨选定老母豺黄珊当苦豺，后来发生了戏剧性的变化，那只名叫桑哈的老公豺代替黄珊扮演苦豺的角色，只身暴露在四条大狼狗面前，嗬嗬叫着落荒奔逃。四条大狼狗兴奋地紧追不舍。

等到白皑皑的雪野里红色的豺和黄色的狼狗都变成芝麻小黑点时，豺群像阵飓风似的刮进牛圈，在极短的时间内把花斑奶牛吃得只剩下一副白白的骨骸。惊慌失措的地质队员躲在结实的帆布帐篷里没敢出来。当四条大狼狗拖拽着桑哈僵冷的尸体返回地质队宿营地时，豺群已打着饱嗝回到日曲卡山麓。

一经选定为苦豺，就像判处了死刑，极少有生还的希望。

苦豺的心情是十分复杂的，既有大祸临头的恐惧，又有被不肖后辈所遗弃的愤懑，还有为种族生存而赴汤蹈火的壮烈。

　　索坨实在是迫不得已才硬起心肠决定要用苦豺来制服眼前这只躲在石缝里的母野猪的。

　　被选中的苦豺虽然年老体衰，却不乏与大型猎物格斗厮杀的经验。在必死的心态支撑下，苦豺会将剩余的生命浓缩凝聚在豺牙和豺爪间，像道红色的闪电般蹿进雪帘洞去，将非致命部位肩胛白白送进野猪锋利的獠牙间；母野猪只有一张嘴，必然会顾此失彼；苦豺就用两只前爪在母野猪的丑脸上胡抓乱撕。豺爪极有可能会抠瞎母野猪的眼珠，即使抠不到，最起码也会把丑陋的猪脸撕得血肉模糊。母野猪因疼痛难忍发出嚎叫时，苦豺趁机一口叼住母野猪的耳朵、脸颊或鼻子，四条豺腿蹬住石壁拼命朝洞外拽。受伤了的母野猪更加凶蛮，会一口咬断苦豺的一条后腿，还有可能会一口咬穿苦豺的肚皮，让豺肚肠漫流一地。

　　苦豺早就横下一条心来，只要还有一口气就朝猪脸上频频噬咬。愚蠢的母野猪必定会被苦豺纠缠得头昏脑涨，恨不得一口咬下豺头来。狂暴中的母野猪会不知不觉顺着苦豺的拖曳方向朝前拱动，竭力想咬住苦豺致命的脖颈。于是，肉搏中的豺和母野猪将慢慢从狭窄的石缝里退出来。只要母野猪的身体一离开雪帘洞，早就在洞外等得不耐烦了的豺群便会呼啸着蜂拥而上。等到母野猪醒悟过来发觉上当，想重新钻进雪帘洞时，已经不可能了，石缝已被七八只年轻力壮的大公豺把守得严严实实，母野猪的身体上也趴满了被血腥味刺激得异常兴奋的豺。

结局已经想好，现在该用阴毒的眼光来选定苦豺了。

要让豺娘躲过这一关

索坨纵身跳上一块蛤蟆形的突兀的岩石，居高临下地用审视的目光将豺群扫了一遍。其实，它站在平地也能把伫立在面前的每一只豺都看清楚。跳上蛤蟆形岩石绝非出于视力的考虑，而是王者的一种技巧。登高能显示威仪，能体现尊严，在遴选苦豺这种有关生与死的问题上，豺王必须彰显威严。

索坨的眼光在豺群十来只老豺身上扫来扫去。这是一个严格的筛选和淘汰过程，必须保证被选中者是豺群中最年老、最无用、生命最衰竭的老豺。

公正是使个体心甘情愿为群体去牺牲的先决条件。

蛤蟆形岩石左侧有一棵苦楝树，树下蹲着一只老母豺。索坨的目光跳到这只老母豺身上，做了短暂的停留。

苦楝树下的老母豺形容枯槁，肩胛瘦骨嶙峋，颈下皮囊松弛，眼睑皱皱巴巴，身上的豺毛被树脂草汁粘成一绺一绺，毛色绛红、没有光泽，两排乳房失去了弹性、萎瘪得像几只干核桃。这只老母豺虽然还活着，却离死神已经不远了。用埃蒂斯红豺群的传统标准来衡量，这是最合适不过的苦豺了。但索坨的眼光仅仅在老母豺身上逗留了一下便急遽跳开了。

这只老母豺名叫霞吐，是索坨的亲生豺娘。

它索坨的心肠就算比花岗石还硬、比孔雀胆还毒，也不忍心让自己的豺娘去做苦豺呀。索坨的眼光从霞吐身上跳开，朝豺群中另外几只老豺扫去。这些老豺的衰老度都明显要低于豺娘霞吐。管它的呢，索坨想，胡乱挑一只来顶缺，只要让豺娘躲过这一关就行。

它瞄向正卧在雪地上、脑袋一沉一沉打盹的老公豺达曼洪。这老家伙虽然略微比豺娘年轻些，但也老得背脊上的毛都脱光了，还跛了一条前腿。虽说还能用三条腿在草原上追撵到兔子，但毕竟是个残疾，又老又残，已快成为豺群社会中的废品了。

可没等索坨的眼光在达曼洪身上定格，蹲在蛤蟆形岩石下的好几只成年大公豺就改变了姿势，四肢直立起来，尾巴像旗杆似的笔直竖起，用爪子踢打着地面的积雪，搅起一团团轻烟似的雪尘。这是豺群社会的一种特殊的身体语言，表达着内心的不满和激动。

在豺群社会中，管你是逊位的豺王，管你是昔日的王后，管你是豺王的哥哥姐姐还是老子亲娘，一概不存在可以被赦免当苦豺的特权。选苦豺的唯一标准就是年龄加衰老度。假如谁胆敢违背这条标准，将会受到血的惩处。

索坨愣了愣神，但很快就镇定下来。它虽然有点心虚，但还是固执地将目光投向老公豺达曼洪，它要抢在众豺觉醒前把苦豺敲定下来。它想，就算个别大公豺及时看穿了它的私心，或许也会体谅它的苦衷，也许会慑于它豺王的威势，而默认了它这一次不算太公正的选择。它把眼珠子瞪得溜圆，目光如炬，毫不含糊地盯视老公豺达曼洪。

它紧张地等待着众豺顺从它的意志，把目光顺着它的视线投向老公豺达曼洪。

它对形势做了完全错误的判断。人心一杆秤，豺心也是一杆秤；人心不可侮，豺心也不可侮。没有一只豺按它的意志去睥睨达曼洪。恰恰相反，好几只大公豺在蛤蟆形岩石下面乜斜着眼睛，将冷峻的暗藏着杀机的目光投向索坨。雪洞外所有的豺都停止了走动，都压低了喘息声，雪地一片岑寂。索坨明白，这是一种无声的抗议，一种无形的威逼。

索坨忍不住打了个寒噤，身体哆嗦了一下。它想起前任老豺王奈莫的遭遇。

那是大前年的深秋，饥饿的豺群在山坳里突然发现一只小羊羔。小羊羔卧在一堆枯枝败叶上，咩咩哀叫。

对豺来说，羊羔是珍馐佳肴。但豺群围着羊羔驻足观望，馋得直流口水，却谁也不敢走过去。荒野中出现一只孤零零的小羊羔实在太蹊跷了，羊羔望见了豺群，惊恐地咩叫着，挣扎着想逃命，但刚站起来就又跌倒了。有两种可能，要么羊羔腿受了重伤，要么被绳索或铁丝固定在那儿了。枯枝败叶遮挡了豺的视线，它们虽然没嗅闻到什么异常的气味，也瞧不出什么破绽，但无法排除那堆枯枝败叶下埋着捕兽铁夹的这种可能性。

埃蒂斯红豺群领教过捕兽铁夹的厉害，小母豺花脖儿就是误踩了猎人的机关，被捕兽铁夹害了性命的。谁也无法从记忆中抹去那恐怖的一幕：鸟声啁啾的树林里突然铿锵一声，爆发出铁器叩击的脆响，U形的沉重铁杆在弹簧的有力牵引下，闪电般地砸在花脖儿的后脑勺上。可怜的花脖儿白花花的脑髓流了一地，连哼都没来得及哼一声就命归黄泉了。

这一幕想起来谁都心有余悸。可豺群又舍不得离开小羊羔，对豺来说，芬芳的羊膻味、肥腻的羔羊肉具有无法克制的诱惑力。放弃这顿美味晚餐，万一羊羔身体底下根本就没有什么捕兽铁夹，岂不是天大的笑话、天大的失误！这进退两难的情景很自然地就形成这样一种局势，需要一只苦豺前去试探虚实。

当时埃蒂斯红豺群中年龄最大、相貌也最衰老的要数老母豺雅倩了。雅倩是老豺王奈莫的妻子，相好已有十多年历史。奈莫老豺王也许是出于一种对老妻的怜悯之情，也许是觉得自己当了七八年豺王已建立起可以随心所欲的权威，竟然把筛选的目光从老母豺雅倩身上滑溜过去，停滞在一只名叫秃秃的老公豺身上。秃秃虽然眼睛也沾满了浊黄的眵目糊，鼻吻间也皱褶纵横，但显然要比老母豺雅倩年轻些。

索坨至今记忆犹新，当奈莫老豺王威严的目光盯视着秃秃，并从紧抿的嘴角发出"嘀呜——"一声带有逼迫性质的嗥叫时，整个豺群沉默得就像座冰山。奈莫老豺王一意孤行，走到秃秃身边先是用尾巴抽打，继而用爪牙驱赶，想迫使秃秃就范。秃秃赖在地上发出委屈的呜咽声。

索坨本来就对奈莫这么老了还占据豺王宝座不肯退位心怀不满，早就跃跃欲试想取而代之，只苦于找不到适当的机会。它一半出于对不公正选择所产生的义愤，一半出于争夺社会地位的隐秘冲动，"嘀——嘀——嘀——"地带头发出

了不满的噪叫。几乎所有的大公豺都学索坨的样子朝老豺王奈莫宣泄着内心强烈的不满情绪。

奈莫老豺王执迷不悟，龇牙咧嘴朝索坨扑来，企图用武力来平息这场骚乱。豺们群情激愤，在索坨的率领下一拥而上，咬得老豺王奈莫落荒而逃。

这件事成了埃蒂斯红豺群王位转移的契机，它索坨摇身一变成了新豺王。

索坨说什么也不能成为奈莫第二。

瞧！野心勃勃的短尾巴罗罗，唇须和嘴角的皱褶间漾着一丝讥讽和嘲弄，正幸灾乐祸地期待它犯奈莫老豺王同样的错误呢。居心叵测觊觎王位的成年大公豺多得很。

索坨一阵心悸，赶紧把目光从老公豺达曼洪身上移开去。

温情不是豺的品性

索坨狠狠心，再次把筛选的目光移向霞吐。霞吐的身体缩进苦楝树背后，从褐色的树干后面露出两只充满迷惘、惊诧、悲凉、愤懑的眼睛。索坨的眼光和霞吐的眼光在空中碰撞，撞得索坨头晕眼花，仿佛灵魂失足从百丈悬崖上跌落下来，产生了一种可怕的失重感。它的目光变得虚妄而软弱，承受不住豺娘沉甸甸的凝望，只好又把眼睛转移开了。

它晓得豺娘霞吐把它养大是多么不容易。

豺娘一胎生了三只崽子，有一只刚生下不久跌进水塘淹死了，还有一只养到半岁时被一只老雕从空中攫走。豺娘只剩下它一只宝贝豺儿，它享受着全部的母爱。

天冷下雨，豺娘把它揽进胸腹底下，用自己的身体做它挡风的墙、遮雨的伞。为了让它能得到足够的食物，豺娘在豺群猎获到食物后，不顾阶级地位排列的进食次序，横冲直撞地挤到前面，去抢夺软滑可口营养最丰富的肠肠肚肚来喂养它。

豺娘的举动自然会引起地位比豺娘优越的公豺和母豺们的愤慨，受到意料之中的严厉惩罚；豺娘臀部有两块月牙形的伤痕，就是在它争抢好食物时留下的永恒纪念。

记得在索坨出生后的第一个冬天，埃蒂斯红豺群差不多连续五天没觅到食物，豺娘腹下的几对乳房再也流不出一滴奶水来了。索坨年纪尚幼耐不住这般饥饿，已差不多奄奄一息了，是豺娘将身体蹲坐在雪地上，将腰弯成弓形，将尖尖的嘴吻从前肢的胯间探进腹部，咬开自己乳房上的皮肉，用一滴一滴热血哺喂进它的嘴里，才使它没像豺群里其他几只幼崽那样成为一具饿殍。

索坨怎能忍心将爱它疼它、含辛茹苦把它抚养大的豺娘，选为苦豺推进火坑扔给死神呢？

它的目光在豺娘霞吐和另外几只老公豺身上扫来扫去、穿梭往还、飘游不定。它蹲在蛤蟆形岩石上歪着脑袋做沉思状，似乎正在进行认真的负责任的因此也是十分费脑筋的筛选苦豺的工作，借以掩饰内心的巨大矛盾。

豺群沉默着，这是一种不满的等待，一种耐心的警告。

索坨也知道，自己也不可能永远无休止地将筛选的眼光在空中飘来移去。豺王最重要的品格就是坚毅和果敢，不然就会逐渐失去来自下属的信赖，从而使自己的统治地位发生动摇，最终导致政变危机。

它不能再优柔寡断了，索坨想，必须尽快做出最后的抉择。可是究竟该选谁当苦豺呢？选达曼洪，意味着不公平，估计会遭到弹劾，导致自己从豺王宝座被赶下台；选豺娘霞吐，公平倒是公平了，可自己又受不了良心的拷问。怎么办？怎么办？

鹅毛大雪无声地飘落下来，天空一片昏暗。

"噢——"雪帘洞里的母野猪半天不见豺群的动静，大概还以为豺群奈何不了它，发出一声骄傲的洋洋得意的嚎叫。

短尾巴罗罗打了个响鼻，身体直立起来，两条前肢趴在蛤蟆形岩石上，这是一种想要取而代之的姿势，一种用心险恶的试探。

罢罢罢，索坨想，自己总不能昧着良心为了保住豺王地位而剥夺豺娘的性命。就让短尾巴罗罗率领那几只不甘寂寞的大公豺扑上来把自己咬得鲜血淋漓，咬得落荒而逃，沦落成一只地位最卑贱的草豺好了，它就是要把筛选苦豺的目光定格在老公豺达曼洪身上！

索坨的目光在空中画出道弧线，还没等落到既定的目标上，脑子里又叠现出两年多前老豺王奈莫偏袒老妻雅倩所造成的悲惨结局。

当时它索坨率领几只大公豺将奈莫无情地逐出了豺群。在众豺的一片刺耳的嗥叫欢呼中，它成为新任豺王。

接下来，它们仍然将雅倩定为苦豺，几只大公豺虐待狂似的在雅倩背后又撕又咬，逼迫这只交了厄运的老母豺走向那只躺在枯枝败叶间咩咩叫着的小羊羔。小羊羔的身体底下果然埋着猎人的捕兽铁夹，老母豺雅倩被活活夹断了脖子。

历史将会重复，悲剧将会重演。

即使它索坨舍弃了王位，并不能扭转乾坤使霞吐免当苦豺。它救不了豺娘，豺娘此刻要扮演苦豺角色，那是命运，是天意。它何苦那么傻要将自己的王位和锦绣前程赔出去当殉葬品呢？

索坨站在蛤蟆形岩石上将尖尖的唇吻深深地插进积雪，雪片被它口腔中的热气所融化，一股彻骨透心的凉意弥漫全身。它需要把自己的良心放在冰雪中浸渍。然后，它又抬起头来狠狠甩了甩脖颈，把缠绕在胸腔中那片与豺的品性水火不能相容的温情甩脱掉。它的筛选目光坚定地沉稳地落到豺娘霞吐身上。

你就是苦豺！你必须做一只为了群体的利益而奉献牺牲自己的苦豺！

豺群几十双残忍的眼光齐崭崭落到霞吐身上。

"嗬叽——"一片赞同的尖噪声响了起来。

豺娘霞吐本来蜷缩在苦楝树背后，这时候地弹跳起来，扭头就想朝荒山沟蹿去。但已经迟了，早有防备的豺群几乎一眨眼就贴着悬崖形成"L"字形阵容，虎视眈眈的大公豺把守着主要逃路，只留下一个缺口，通往恐怖的雪帘洞。

豺娘把脸埋在前肢的臂弯里，躺在雪地里呜呜哀号着。

虽然埃蒂斯红豺群每一只成年豺都明白筛选苦豺的制度有利于整个种群的生存，但事情一旦降临到自己头上却较少有深明大义、慷慨赴难的老豺。蝼蚁尚且偷生，哺乳动物豺就更爱惜自己的生命了。野生动物极少有自杀现象发生；野生动物在生与死的问题上大多遵循"好死不如赖活"这一生存规律。

在选定了苦豺以后，当事者往往会使出各种手段试图逃脱厄运。有的老豺会口吐白沫倒在地上装死，有的老豺会发疯般地胡咬乱扑，有的老豺会刻毒诅咒、肆意咆哮，有的老豺会伺机逃跑……

既然苦豺作为一种护群的制度存在于埃蒂斯红豺群中，当然就有为保证制度不折不扣地被执行而配套的强制手段。

那就是由豺王来到苦豺身旁，先用舌头舔——进行安抚、劝慰和鼓励；继而用尾巴抽打——进行督促、威胁和恫吓；最后用爪牙撞击——进行胁迫、威逼和驱赶。倘若苦豺仍不愿就范，数只成年大公豺便会围上来，咬得苦豺皮开肉绽。曾经有一只名叫岙岙的老公豺就因拒不履行苦豺的义务而被愤怒的豺群咬成碎片。

这严酷的手段是要让每一匹被选定为苦豺的老豺知道，挺起头颅奔赴危难是死，却死得壮烈死得光荣死得重于日曲卡雪山；伛着腰杆畏缩不前也要死，并且死得窝囊死得糊涂死得轻于绿豆雀羽毛。

两种死法，任君挑选。

按照豺娘霞吐的表现，现在到了该由它索坨前去进行武力规劝的时候了。

豺群紧张地注视着它。豺眼交织着生存的焦虑和嗜血的渴望。

索坨从蛤蟆形岩石顶跳到了地面。

至死不渝的母性

它离豺娘顶多有二十米远，假如在平时，一个收腹猛蹿，一刹那就可以赶到，但此刻，它觉得像是走在刚刚化冻的沼泽地里，沉重而又黏滞。它走得极慢，一步一步，希望这段路永远也走不完，永远也没有尽头。

二十米的距离，再慢也会走到头。它舔了舔豺娘的额头，闻到了一股它十分熟悉的温馨的气息。

豺娘抬起头来用冷冷的陌生的眼光瞄了它一眼，又把脸埋进积雪。索坨心惊胆战地靠拢前去，甩动尾巴，象征性地在豺娘臀部拍打了两下。它不敢用力，希望豺娘能理解自己迫不得已的苦衷。

索坨觉得自己的尾巴只是像蜻蜓点水般地在豺娘臀部弹了弹，最多是拭去了点沾在豺毛上的灰尘，可豺娘的反应却异常激烈，像被雷电击中似的将身体缩成一团，全身的豺毛一根根倒竖起来，嘀地惨嗥了一声。

索坨明白，豺娘的心灵受到了巨大的创伤。虽然它是如此轻描淡写地、游戏般地用尾尖挥甩了一下，但这行为的特定含义是无法掩饰和无法更改的，那就是在驱赶豺娘迈向雪帘洞，迈向泛动着死亡冷光的母野猪的獠牙。尾巴抽打得轻重缓急丝毫也改变不了行为的性质。

一种强烈的内疚感在索坨心里翻腾。

它突发奇想，假如它现在跟豺娘调换一下位置，豺娘会不会用尾巴抽它、逼它呢？

答案其实早在五年前就有了。

那是在索坨刚满周岁的时候，豺群正在灌木林里行进，突然从树丛里飞出一只红翅凤头鹃。这只七彩羽毛的美丽的鸟儿不知是翅膀受了点伤，还是太累了，飞得忽高忽低、歪歪斜斜。索坨觉得挺好玩，便淘气地追逐过去。红翅凤头鹃飞飞停停，更把它的心逗得痒痒的。它不知不觉偏离了由富有丛林生活经验的大公豺踏勘出来的安全路线。

红翅凤头鹃终于疲倦得飞不动了，停栖在离地面约一米多高的一根蛇状水藤上。索坨年纪尚幼缺乏谨慎，也不察看四周有没有可疑的蛛丝马迹，就贸然蹿跳朝水藤上的红翅凤头鹃扑去。鸟儿倒是被它扑进了怀，霎时间，寂静的树林里嘣地响起弯曲的竹片被弹直的一声闷响。它还没明白过来是怎么回事，一张透明的尼龙大网就从天而降，把它严严实实地罩住了。它撞上了猎人铺设的鸟网。

日曲卡山麓的猎人一般有四种捕鸟方法，一是放猎鹰追捕，二是用诱饵诱骗，三是用金丝活扣逮小鸟，四是用尼龙网罩小鸟。这是一张专门用来捕捉山隼、苍鹰、鹭鸶、松雉等大型鸟禽用的大网，用草茎般粗细的尼龙丝编织而成，十分结实。

索坨在网里用爪子撕，用牙齿咬，踢蹬搔抓，不仅没能从尼龙网里挣脱出来，反而被柔软的尼龙丝越缠越紧。它拼命嗥叫起来。

豺群闻讯赶来，豺娘扑到鸟网上用利齿啃咬，尼龙丝坚韧无比，它咬了半天只咬开一只网眼。

就在这时，不远处传来狗群的吠叫和猎人粗鲁的吆喝声，还飞来几支蘸过见血封喉毒汁的弩箭。"砰砰砰！"树林中响起了火药枪震耳欲聋的轰响。

老豺王奈莫大概是觉得不值得为了一只半大的豺崽让整个豺群暴露在枪口、金竹弩和猎狗的爪牙下，呼啸一声率领豺群逃遁进茂密的树林。

只有豺娘没跟着豺群一起走。豺娘仿佛没听见猎狗的吠叫和猎枪的轰鸣，卧伏在尼龙网上，专心致志地拼命啃咬。一颗霰弹擦过豺娘的右耳，它尖尖的耳郭被削掉了半只，血顺着豺娘的额角滴滴答答往下落。豺娘仿佛已失去了疼的知觉，连眼睛也没眨一下。终于又咬开了第二只网眼，锋利的尼龙丝把豺娘的嘴唇和舌头都割开了，它的嘴角泛动着殷红的血沫。

要使索坨的小脑袋从尼龙网里钻出来，至少得咬破三只网眼。豺娘进行最后的努力。猎人的脚步声越来越近，霰弹像蝗虫般在豺娘头顶飞舞，弩箭像金环蛇般在空中游蹿。豺娘趴在尼龙网上，牙床拼命地磨动着。一条黑狗气咻咻地跑到豺娘身后，疯狂地吠叫着跃跃欲扑。黑狗嘴里的气流吹得豺娘背脊上的红毛左右飘动。豺娘来不及回首张望。黑狗终于大着胆子来咬豺娘的后腿，豺娘没舍得停止啃咬尼龙网，只是扭动腰肢猛地朝后蹬了一脚，黑狗受惊跳开了。

这时，第三只性命攸关的网眼被豺娘咬破了。索坨费劲地从纠缠成一团的尼龙网中挣脱出来，由豺娘垫后，钻进树林，逃过了这场劫难。

别说豺娘跟着豺群逃离，即便是在啃咬尼龙网时豺娘的决心稍稍动摇，在蝗虫般飞来的霰弹和张牙舞爪的黑狗面前产生刹那间的犹豫彷徨，索坨早成为猎人的枪下冤鬼，柔软的豺皮早就被从身上剥下来充当人类床上的垫褥了。

没有血脉相连的挚爱，没有至死不渝的母性，豺娘是不可能在九死一生中救它出罗网的。

而它，此刻却在用尾巴无情地驱赶豺娘去做苦豺。它大概是天底下最残忍、最没有心肝的豺了，它想。不不不，它一定要想出一个解救豺娘的办法来。

豺娘的命运不可改变

豺娘出于动物那种苟全性命和对死的恐惧的本能，赖在地上一寸一寸朝后退缩，竭力想离弥漫着死亡气息的雪帘洞远一点，再远一点。

索坨用两条前爪在豺娘脊背上推搡了一下，又做了一个象征性的逼迫动作。豺娘呜咽着，朝前跨了一小步。

也不是完全没可能改变豺娘去做苦豺的命运，索坨想。假如此刻有一只老公豺自告奋勇地跳出来替代豺娘，就可以达到既扫荡了野猪窝又保全豺娘性命这样完美无缺的结局。

豺群中曾出现过替身苦豺这样带泪的喜剧。

那是在豺群铤而走险袭击地质队牛圈时发生的事，公豺桑哈就是替母豺黄珊做了苦豺。当时需要一只苦豺把四条大狼狗引开。索坨把筛选的眼光瞄准了埃蒂斯红豺群最年老体衰的母豺黄珊。黄珊身上的红豺毛都老得褪色了，变成难看的土黄色。当黄珊扭扭捏捏、悲悲切切正准备朝牛圈奔去时，突然，豺群中那只名叫桑哈的老公豺从刺丛里蹿出来，截住了黄珊的去路。桑哈从年轻时就和黄珊是形影相随的伴侣，一起生儿育女度过了十几年的风风雨雨。桑哈的年龄略比黄珊小些。此时桑哈和黄珊交颈厮磨，黄珊眸子里泪光闪烁，伸出舌头使劲舔吻桑哈的面颊。随后，桑哈嗥叫一声冲向四条大狼狗……

老公豺替老母豺去赴汤蹈火，这真是一种美好的感情。这跟豺王营私舞弊进行不公正的挑选完全不同。豺群是会默认这种自愿的替代行为的。

唉，假如豺父黑蛇还活着就好了，索坨想。

索坨的豺父壮实高大，背脊上红色的皮毛间镶有一条弯弯曲曲的黑色斑纹，就像一片红罂粟花丛中缠绕着一条黑色小蛇。豺父对豺娘忠心耿耿。索坨记得很清楚，它还在吃奶时，豺娘寸步不离地守护着它，豺父东跑西颠去觅食，争抢到食物后总是自己舍不得吃，来喂养正在哺乳期的豺娘。

可惜，在索坨未满周岁时，在一次围歼野牛的狩猎中，豺父勇猛地第一个跃上野牛背脊，用尖利的前爪捅进野牛的肛门，把冒着热气的牛肠掏了出来。不知是这头该死的野牛因剧痛而跌倒，还是因为心慌意乱在奔逃时被隆起的土坎绊倒，野牛突然轰的一声直挺挺倒地，还打了个滚，把豺父压在身体底下。受了严重压伤的豺父好不容易从地上爬起来，垂死挣扎的野牛又凶狠地将犀利的牛角刺进豺父的肚皮……

假如豺父黑蛇还活着，索坨相信，埃蒂斯红豺群将又会重演一幕类似老公豺桑哈替代老母豺黄珊去赴难的"催豺泪下"的悲喜剧。遗憾的是，豺死了不能复活。

可是，豺父遇难后，豺群中还有几只大公豺向豺娘献过殷勤的呀。它们在哪里？它们在哪里？索坨的爪子在豺娘身上踢蹬着，眼睛却在豺群中搜索。哦，屁股上有一块白斑、名叫老白屎的老公豺，就蹲在离豺娘几步远的一个浅雪坑里。这家伙年轻时对豺娘垂涎三尺，老像影子似的围着豺娘转，豺娘口渴了要去水塘喝水，这家伙就会赶在前头替豺娘开道，驱赶走讨厌的水蛭和躲在草丛中的毒蛇；豺娘看中了正在荷叶上聒噪的青蛙，这家伙就会不顾掉进水里弄湿皮毛而猛地从岸上扑向湖心。

　　哦，还有那只名叫老骚公的家伙，年轻时特别喜欢舔豺娘的尾巴，总是趁半夜豺娘熟睡之际，偷偷爬到豺娘身边，伸出湿漉漉的舌尖千遍万遍地舔豺娘那根光滑如锦缎的尾巴，好像豺娘的尾巴是用蜜糖做成的。有时豺娘被老骚公弄醒，便会愤怒地把老骚公蹬得四仰八叉。不管豺娘惩罚得多厉害，老骚公从不翻脸、从不还击，总是像摊稀泥似的趴在豺娘面前，尖嘴上翘发出滑稽的嗥叫，满脸痛苦得就像要立刻晕死过去。老骚公此刻站立的位置虽然离豺娘较远，中间还隔着那块蛤蟆形岩石，但绝不会看不见豺娘现在危难的处境。

记得有一次，豺娘在一片长满野藤杂草的灌木丛里逮一只老鼠，不小心后腰部位被毒刺刺了一下，红肿发炎了。豺受了这类伤痛，就不断地用舌头舔伤口，因为豺的唾液有镇痛消炎的作用。这受刺的部位靠近后脊背，豺娘自己无法舔到，需要别的豺来代劳。老白屎和老骚公都抢着为豺娘效力。老白屎刚趴到豺娘的背上在一片脓腥的伤口上舔了几口，老骚公就衔住老白屎的尾巴，把老白屎拖下背来，自己上去兴致勃勃地舔。老白屎愤愤不平地叫起来，一口咬住老骚公的大腿，把老骚公摔到一边。两只大公豺为争夺舔豺娘创口的承包权和专利权打得头破血流，仿佛豺娘化脓的伤口是山珍海味一般。

现在，不管是老白屎还是老骚公，只要拿出当年的一半殷勤来，就会有足够的勇气站出来扮演替身苦豺的角色。

索坨使劲拿眼色提示老白——你也已经老得连只草兔都追不上了，为了你曾经钟爱过的母豺，你难道就不能做出牺牲吗？老白屎睁着眼，冷漠地望着正在迈向雪帘洞的豺娘，脸上连一点怜悯的表情都没有。

老骚公，你爪子上的指甲已经磨秃了，你顶多再活个一年半载，寿限也就到了，为了你曾经痴迷过的母豺，你何必吝啬这区区一年半载的生命呢？

"嘀嘀嘀——"索坨扭头朝老骚公发出一串央求的嗥叫。你不是很喜欢舔豺娘的尾巴吗？只要你勇敢地站出来，豺娘一定会翘起尾巴让你舔个够的。不不，豺娘还会伸出舌头来舔吻你的鼻梁和脸颊，送给你无限的感激、赞美、尊敬和爱意。

老骚公的表现更加差劲，盯视着豺娘的那双眼睛凶光毕露，两只后爪不停地刨着地上的积雪，搅得本来就昏暗的天地又添许多凄迷。这家伙还带头朝索坨发出催促的嗥叫，抱怨索坨驱赶得太慢，措施不够有力。这家伙巴不得豺娘速速前去送死，好快快换来可以填饱肚子的喷香的野猪肉。

这狗娘养的杂种！

豺娘似乎很有自知之明，虽然一路挣扎，却没向任何过去曾跟自己有过感情瓜葛的老公豺投去一束求援的眼光。

豺娘老了。任何雌性动物都是一样的，年轻时是一朵花，年老色衰后就是豆腐渣。

豺娘年轻时要有多美就有多美，纤细的腰、丰腴的臀、紧凑的毛、饱满的乳、尖挺的耳、聪慧的眼，金红色的皮毛像是用霞光编织成的，浅黑色的肉感很强的嘴唇天生具有勾摄公豺灵魂的魅力。假如豺娘现在还年轻，老白屎和老骚公也许肯为了豺娘的倩巧笑靥或豺娘迷人的秋波而代替豺娘去赴汤蹈火的。现在，时过境迁，浓烈的感情早就随着豺娘年龄增大而逐渐寡薄稀淡，最后化为乌有了。

时光不可能倒流，感情也无法逆转。

也许天底下最靠不住、最容易变化的就是那种异性间的情感。

看来，桑哈和黄珊是绝无仅有的例外。

索坨快快地放弃了让曾经与豺娘关系微妙的老公豺自动站出来顶替苦豺角色的指望。

豺娘为豺王呕心沥血

豺娘在索坨的逼迫下，朝雪帘洞走了十几步。石缝已近在咫尺，里面飘来一阵阵野猪的腥臊与恶臭。石缝里稀里哗啦地响动着，母野猪一定是已经预感到豺群将发起致命的袭击，正在鬃毛倒竖、磨牙舔爪地准备进行生死拼搏。

豺娘蹲在石缝前，阴郁的眼睛凝视着灰色调的天空，含混不清地发出"嗬噜叽儿、嗬噜叽儿"的嗥叫声，不知道是在悲叹还是在诅咒。

"嗬——"豺群齐声嗥叫起来。

索坨晓得，豺群是在进行集体催促、集体威逼。天快黑了，凛冽的北风已快把它们的四肢冻麻木了，饥饿已使得好几只幼豺虚弱得连站都站不住了，它们早已等得不耐烦了。

它扑到豺娘身上，张嘴在豺娘的腿弯处咬了一口。这是一种惩戒。它身为豺王，必须得这样做。豺群的忍耐是有限度的，假如它再迟迟不动真格的，很难预料饿绿了眼的豺们会做出什么事情来。当然，它没像通常对付死皮赖脸的苦豺那样往死里咬，而是口下留情，大咧着嘴似乎是在进行致命的噬咬，其实是虚张声势，只咬破了豺娘丁点儿皮肉。

它看见，豺娘眼角沁出一滴浑浊的泪。

它的心又抽搐了一下。它实在是黔驴技穷，想不出能拯救豺娘的办法来了。正视现实，认命吧。

豺娘冷不丁扑跃上来，咬住索坨的耳朵。索坨有点意外，但很快明白这是发生了豺群社会中极其罕见的苦豺反叛行为。豺娘气它恨它恼它怨它，于是就想报复它。它完全可以一摆脑壳机灵地躲避掉豺娘的噬咬；豺娘虽然来势凶猛，但动作迟缓；它还可以趁机一口咬住豺娘的喉管。但它放弃了躲闪和反扑，岿然不动地让豺娘将自己的整只左耳叼进嘴里。

自己失掉了一只耳朵，也许能减轻豺娘的怨恨，索坨想。它等待着，等待着耳朵软骨被犬牙咬碎的咔嚓声，等待着钻心的疼痛和继之而来的麻木的感觉，等待着咸晶晶的热血涌流出创口漫进嘴来。血能冲淡它对豺娘的怜悯与同情，这种怜悯与同情是和它豺王的身份水火不能相容的。血也能使豺娘幡然醒悟，放弃与命运的无谓抗争。

它宁肯失掉一只耳朵，来减轻逼迫亲生的豺娘去做苦豺所带来的这一深重的罪孽感。

它不挣扎不动弹，静静地等待着。

豺娘曾为了救它而被猎人的霰弹打掉了半只耳朵，它现在让豺娘顺利地咬掉自己的一只左耳，就算连本带利还清了这笔情感债。

一物还一物，等于甩包袱。

奇怪的是，好一会儿过去了，既没有耳骨脆裂的咔嚓声，也没有钻心的痛楚，只是耳根有些微疼。豺娘的牙齿还没脱落，还没衰老到连只耳朵都咬不下来呀。豺娘，你还犹豫什么呀？该咬就咬，不咬白不咬，你有权对忤逆的豺儿进行血的发泄。

突然间豺娘松开了嘴，朝后退了一步。索坨的左耳被豺娘从温热的口腔里吐了出来。耳郭原封不动、完好无损，只是涂上了一层豺娘的黏糊糊的唾液而已。

豺娘发出一声无可奈何的长嗥。

索坨的心灵再一次震颤。豺娘虽然气它恨它恼它怨它，却舍不得咬下它的耳朵，舍不得让它变成一只破了相的独耳豺。

其实按确切的年龄来计算，豺娘在埃蒂斯红豺群中并不算是最老的豺。跛脚老公豺达曼洪就比豺娘要早出生两个月。但从外表看，豺娘比达曼洪要衰老些。索坨心里很清楚，豺娘是为了它能稳稳当当地坐在豺王这把交椅上，才突然从风韵犹存的壮年跌滑进老态龙钟的暮年的。

老豺王奈莫刚刚被撵下台不久，索坨在豺王的位置上还立足未稳，就受到了大公豺罗罗的挑战。

罗罗比它大半岁，爪牙和它一样锋利，体格和它一样健壮。在它当上新豺王前，罗罗和它在豺群中地位相当，都是猎兔擒羊的能手和骨干。若要认真比较它和罗罗谁的猎食技艺更强，公正地说，应该是各有千秋、各有绝招。在狩猎大型食草类动物时，索坨能出其不意地跳上正在奔逃中的猎物的背上，像蚂蟥似的叮在上面，任凭猎物怎样跳跃颠簸也休想把它甩下来。罗罗弹跳极好，能笔直蹿跳两米多高，把趴在树枝上打瞌睡的树獭一口咬下来。

在有群体意识的动物里，两个个体阶级秩序越接近，其紧张程度也就越高。罗罗肯定对索坨轻易当上新豺王颇不服气，把这视为一种不公正的命运安排。不可避免的矛盾就这样产生了。追捕到猎物，罗罗肆无忌惮地抢先一步啃吃肥腻的内脏。进食秩序就是阶级秩序，这分明是有意在挑衅。夜晚在石钟乳溶洞里睡觉，罗罗也不管不顾地占据本该属于豺王的中央位置。有一次在奔跑时，它无意中踩踏了罗罗的尾巴，罗罗竟然朝它咆哮……

那段时间，埃蒂斯红豺群笼罩在压抑恐怖的气氛中，每只豺心里都明白，它和罗罗之间迟早要发生一场争夺王位的厮杀。索坨心里忐忑不安，它反复掂量过形势，实在没把握能赢罗罗。爪牙无情，极有可能会两败俱伤，那么，接踵而来的地位挑战者就会很轻松地把它撵下台去。

它忍气吞声尽量避免和罗罗发生正面冲突。罗罗想吃猎物内脏就请吃吧，罗罗想睡溶洞中央就请睡吧，和为贵。它要尽量拖延时间，让这场对它来说很不利的血腥王位争夺战晚点到来。

可罗罗得寸进尺。那一次豺群走出古戛纳河谷，它想去牧草葳蕤的螺蛳滩，刚向豺群发出指令，罗罗突然截住三四只成年公豺和十几只母豺幼豺，要大家掉转头朝相反方向的温泉谷走。

狩猎方向、行进路线、觅食区域历来是由豺王决定的，这不仅仅是一种义务和责任，也是一种权力的象征。要是顺从罗罗的意志让豺群去温泉谷，就等于将豺王的权威拱手让给了罗罗。这已不是气焰嚣张的挑衅，而是货真价实的政变了。看来，流血已不可避免。它龇牙咧嘴朝罗罗怒嗥了一声，早有准备的罗罗屈着腿弓着腰，用刻毒的眼光望着它。叛乱分子准备开战啦。

这将是一场非死即伤的恶斗。

就在这时，豺娘闷声不响从围观的队伍里蹿出来，飞快地朝趾高气扬的罗罗扑了上去。罗罗全部精力都集中在与它对峙的索坨身上，根本没有防备，在闪电般的扑击下愣了愣神。豺娘一口咬住罗罗的尾巴再也不松口。罗罗惨叫着，回身将四只豺爪按在豺娘身上，在豺娘大腿上连皮带肉撕下一大块来。豺娘血流如注，伤口上露出白生生的腿骨。可豺娘紧紧地咬住罗罗那条绛红色潇洒的尾巴不松嘴。咔嚓一声，罗罗的尾巴被咬掉了大半截，豺娘也晕倒在血泊中……

罗罗失去了大半截尾巴，威风也锐减大半，野心也就被迫收敛了大半，再没敢对索坨进行公开的挑衅。

豺娘失血过多，在草丛中整整躺了三天才站立起来，虽然侥幸没落下残疾，却明显地消瘦了，额头和颈项上的体毛一绺绺掉落，眼屎也多了，牙齿也松了，露出无法掩饰的衰老相。

索坨明白，豺娘是在用提前衰老这昂贵的代价替它清扫生命道路上的障碍，驱散笼罩在它头顶的阴霾。

为豺娘去死一次

独眼豺、白脑顶、兔嘴多多和短尾巴罗罗不怀好意地朝豺娘围聚过来。它们唇角银白色的胡须隐藏着杀机，栗色的瞳仁里流动着一抹残忍的光。它们散成半圆形慢吞吞地朝正在雪帘洞口磨蹭耍赖皮的豺娘逼近，没有尖啸没有嗥叫也没有咆哮，对豺来说沉默是最危险的信号。

索坨知道这几只脾性乖戾的大公豺想干什么。它们要惩处胆敢反叛的苦豺，它们会残暴地将豺娘活活撕咬成碎片。

索坨本来是并排站在豺娘身边的，它没来得及往深处想，一扭身横在豺娘和四只大公豺中间，背靠着豺娘，面对着气势汹汹的大公豺们，嘀叽一声发出了拦截性质的短促的嗥叫。它绝不能看着豺娘遭受暴力凌辱。

四只大公豺停了下来，你看我我望你，似乎在交流看法、统一意见。突然，独眼豺、白脑顶和兔嘴多多以短尾巴罗罗为中心，围拢成一团，尖嘴对着尖嘴，嘀嘀地叫起来。长嗥短嚎，此起彼伏，抑扬顿挫，阴森森冷飕飕，持续了将近一分钟。

索坨是豺王，自然明白几只大公豺亲嘴似的脸凑着脸意味着什么。这是埃蒂斯红豺群独特的结盟仪式，一种串联勾结、沆瀣一气的集会，一种互相帮衬、同仇敌忾的宣誓。毫无疑问，它们联合起来要对付的就是索坨。

还没等它想出应付的办法来，后面整个豺群也骚动起来，躺着卧着蹲着的豺通通站立起来，以索坨为焦点，缓慢地压了过来。洁白的雪地上一大片蠕动的红色，就像一片荒火在蔓延。这真是触目惊心的红色恐怖。

索坨这才意识到自己触犯了众怒。不管怎么说，这四只大公豺是打着维护埃蒂斯红豺群传统的苦豺制度的旗号朝豺娘围聚过来的。从生存的角度看，即使豺娘被撕咬成碎片，也是咎由自取、罪有应得。它身为豺王，无权干涉它们，也无权阻拦它们。索坨违反了常规转身拦截了它们，在众豺的眼里，它就成了叛逆的同党，成了破坏苦豺制度、危及豺群生存的罪魁祸首。

这是群起而攻之的最好理由，也是发动政变的最佳借口。

危机迫在眉睫。现在它只剩下一个解脱的办法，那就是立即掉转头去，第一个扑到豺娘身上，不是演戏而是动真格的，不是象征性而是实实在在地用尖爪撕得豺娘皮开肉绽，用利牙咬得豺娘筋断骨裂，用豺娘的血洗净自己身上叛逆的嫌疑，用豺娘的生命把自己从千钧一发的危急关头解救出来。它若不这样去做，只有一个结果，就是和豺娘一道，被丧失了理智的豺群活活吞吃掉。何去何从，需要当机立断。

假如索坨是一只人类字典里的豺，会毫不犹豫地转身把豺娘扑倒在血泊中——人类字典里的豺几乎就是丧心病狂的魔鬼的同义语。但索坨是日曲卡山麓有血有肉的真实的豺，它突然趔转身去，高高跃起，越过豺娘的头顶，稳稳落在雪帘洞口，朝黑黢黢的石缝气势磅礴地嗥叫了一声。

假如豺娘不咬开自己的乳房用血浆喂它，它的小生命早就结束了；假如豺娘不冒着身体被霰弹打成蜂窝状的风险，它永远也休想从结实的尼龙鸟网里逃生；假如豺娘不把罗罗的尾巴咬掉大半截，它早就变成一只地位卑贱的草豺了……这么多的假如相加起来，难道还不够索坨为豺娘去死一次吗？

雪野静悄悄的，死一般的沉寂。豺群被索坨的举动镇住了。一只生命力极其旺盛的年轻豺王为一只生命力已快衰竭的老母豺去做替身苦豺，这在埃蒂斯红豺群中是旷古未有的奇事，完全不符合优胜劣汰的生存规律。可是，这罕见的行为所表达出来的凝重的感情和超越生死的爱意谁也无法加以指责。

四只大公豺停止了向豺娘靠拢。短尾巴罗罗羞涩地将脸埋进积雪。有几只年轻的母豺发出歇斯底里的哀叫。

永别了，豺群。

索坨心里明白，尽管它是精力充沛、格斗娴熟的豺王，但在如此狭窄的石缝里和凶蛮的母野猪面对面肉搏，生还希望是极其渺茫的。它深深吸了口气。它要镇定一下情绪，让意志和力量都凝聚在四只利爪和那口犬牙上。它既然自愿代替豺娘去做苦豺，就要不失豺王的气度和胆魄。它不能白白浪费自己宝贵的生命。它一定要在被母野猪的獠牙咬断脖颈前把这头发猪瘟的家伙拽出洞来。

母野猪在石缝里紧张地哼哼着。索坨耸肩收腹，把身体的重心移向后腰，准备进行生命的最后一次冲刺。

就在索坨瞄准石缝、弯曲后腿想用力弹跳的瞬间，突然，它的右肩胛遭到了猛烈撞击，身体朝左歪仄，站立不稳，跌倒在雪地里，打了两个滚，摔出好几步远，偏离了洞口。

它恼怒地瞪眼望去，哦，原来是豺娘撞倒了它！豺娘取代它站立在雪帘洞口。豺娘神情凛然，蓬乱的皮毛奇迹般地变得紧凑，黯淡的毛色也突然间变得油光闪闪，生命被死神擦亮了。在洁白的雪地的衬托下，豺娘就像是太阳的一块碎片，就像是天宇吐出来的一团霞光。

"嗬——"豺娘发出一声撕心裂肺般的嚎叫。

还没等索坨从地上爬起来，豺娘就像团火焰似的蹿进了石缝。

石缝里的母野猪像被火焰灼伤了似的吼叫起来，接着里面传来激烈的撕咬声。豺娘的嗥叫、母野猪的呻吟和猪崽的惊呼混成一曲奇特的交响乐。石缝太狭窄了，索坨无法钻进去帮豺娘的忙。石缝里漆黑一片，什么也看不见。只看得见豺娘的臀部在洞口拱动和扭摆。豺娘一寸一寸地朝洞口外退却。一股污血从石缝里渗流出来，染红了洞口一大片白雪。

终于，豺娘把母野猪的上半身拖出了石缝。

豺娘脸上血肉模糊，半张头皮被母野猪撕咬开来，露出灰白色的头盖骨。豺娘的一只前爪刺进母野猪的左眼窝，玻璃珠似的硕大的猪眼在空中摇晃。豺娘两条后腿拼命往后蹬蹭。母野猪满脸血沫，将一只前爪搂住豺娘的腰，尖尖的猪嘴竭力向前拱动。突然，母野猪的獠牙叼住了豺娘的腹部，猪头左右摇摆，噗的一声将豺娘的肚皮咬开一个血窟窿，豺娘的肠子流了一地，已没有力气哀叫了。

也许是洞外凛冽的北风、飞旋的雪花促使母野猪昏热的头脑冷静下来，也许是洞外红压压的豺群使母野猪意识到自己的危险处境，也许是豺娘热血快流干、力气快耗尽因此减弱了朝外拖拽的力量，母野猪突然停止朝前拱动，扭动脖子拼命朝后退缩。豺娘支持不住，竟被拖回石缝口。

要是母野猪退入石缝，豺群前功尽弃，豺娘的血也算是白流了。"嗬——嗬——"豺群齐声嗥叫起来，这大概是世界上最悲壮的拉拉队了。豺娘拼出最后一点力气，在石缝口蹦了一下，将自己的脖颈奉送进臭烘烘的猪嘴里。母野猪不由自主地用獠牙狠狠咬住豺娘的脖颈，而短暂地停止了朝石缝内退缩的动作，豺娘趁机将另一个前爪刺进母野猪的右眼窝。

剧烈的疼痛使母野猪丧失了理智，双目失明使它无法辨清方向，它的躯体拱出石缝，扑在豺娘身上乱啃乱咬。

在母野猪拱出石缝的瞬间，索坨敏捷地扑跃到猪屁股上，施展豺最厉害最拿手的绝招，将一只利爪捅进母野猪的肛门，捣鼓着猪肠猪肚。

这头发猪瘟的家伙立即疼得完全分不清东南西北了。

豺群带着胜利的喧哗，带着终于摆脱了饥饿的欢呼，一拥而上。在铅灰色的天穹下展开了一场疯狂的屠杀。

奇猫小传

[加] 西顿

再没露过面的灰猫妈妈

"猫——食！猫——食！"尖脆的喊声，顺着斯克里姆柏胡同传了过来。这准是汉姆林的猫食车推来了，因为附近所有的猫儿好像都在朝这声音奔去。

"猫——食！猫——食！"的喊声越来越响。接着，那位大家注意的中心人物出现了——这是个又粗野又肮脏的小个子，推着一辆手推车。二十来只猫，七零八落地跟在他后面，喵呜喵呜地叫着，声调跟他的喊声差不多。每走五十码①路，也就是说，每当相当数量的猫儿聚集起来以后，手推车就停一次。这时候，那个怪声怪气的人就从车厢里取出一支肉叉，上面串着一些香味扑鼻的煮猪肝。然后再用一根长棍，把一片片的猪肝戳下来。每只猫抢到一块以后，把身子一转，耳朵微微往下一歪，又像小老虎似的咆哮一声，瞪一瞪眼，就衔着猪肝，找个安全的角落，狼吞虎咽去了。

"猫——食！猫——食！"那些猫儿还在不断奔来领猪肝吃。猫食贩子对它们都很熟悉，这儿有斯卡梯格利昂家的

---

①码：英美制长度单位，1码等于3英尺，合0.9144米。

小虎子，琼斯家的小黑，布拉里茨基家的乌龟壳，还有丹东太太的小白；那只鬼鬼祟祟地跟在后头的是布伦金晓夫家的马尔蒂；爬在手推车上的是沙意尔家的橙色老猫比尔，这家伙是个毫无经济后台的死不要脸的骗子手……猫食贩子把这些事儿都记得牢牢的：这只猫的主人每星期给一毛钱，从不拖欠；那只猫的主人是靠不住的。这是约翰·华西家的猫，它只分到一小片猪肝，因为约翰还有点欠款没有付清。但是，酒吧间老板那只戴项圈、扎缎带的捕鼠猫，却吃到了一大块，因为从他的酒吧间里，可以很容易地弄到酒喝。还有推销员的那只猫，尽管它的主人不付什么钱，但由于情面关系，还是受到了特殊的照顾。不过另外还有一些猫，譬如有只长着白鼻子的黑猫，也跟别的猫一起，信心十足地奔了过来，可是被他粗暴地撵走了。唉！蒲茜真弄不明白。几个月来，它一直在这儿领猪肝吃。可是这回为啥又变了卦？这件事儿它是没法理解的。可是猫食贩子却很清楚。这是因为它的女主人不再付钱了。猫食贩子虽然没有账簿，但他的脑子却挺管用，从来也没出过差错。

除了手推车周围的四百名"贵族"以外，还有不少猫儿，远远待在这些"贵族"的外围。因为分配名单上，也就是所谓"社会登记簿"上，没有它们的名字。可是这股诱人的香味和那种意外地碰上好运气的微小的可能性，把它们深深地吸引住了。在这些追随者当中，有一只无家可归的瘦灰猫——身材细长，也不太干净，它只是靠着点小聪明，在七拼八凑地混日子。人们一看就知道，它正在为住在冷僻角落里的家庭找吃食。它一面注意着手推车周围，一面警惕着狗的袭击。它看见二十来只猫儿，欢天喜地地领到自己每天一份的美味食物，神气十足地溜到一旁去了，可是这儿却没有它的份儿。后来，有只跟它身份相仿的大公猫，猛一下扑到一只领到猪肝的小猫身边，想抢走它的口粮。小猫为了防卫，只好扔下猪肝。就在这一刹那的当儿，灰猫用"迅雷不及掩耳"的手法，把猪肝一口抢跑了。

　　它钻进孟齐家边门上的小洞，翻过后墙，坐下来大吃了一顿。它舔了一阵子嘴巴，高兴得不得了，然后又兜了个圈子，来到垃圾场上。它的孩子们，就在这儿的一只破饼干箱里等着它哩。这时候，它听到一阵求救的叫声。它拼命赶到饼干箱那儿，看见一只又大又黑的公猫，正在不慌不忙地伤害它的孩子。黑公猫的身材有它两个那么大，但它还是使尽全力朝黑公猫冲了过去。黑公猫像所有的动物在做坏事时被人逮住了那样，一个转身就溜掉了。灰猫一看，一窝小猫只剩下了一只。这个小东西长得挺像妈妈，不过毛色更加鲜明——灰色的身体夹杂着一些黑色的斑点。鼻子、耳朵和尾巴上，还点缀着一些白尖儿。当然，为了今天的事，猫妈妈伤心了好几天；不过这种伤感后来就渐渐淡忘了。它集中精力，来照顾这个死里逃生的孩子。黑公猫干的这件事，绝不会出于什么好的动机，这是毫无疑问的。不过事实证明，它却在灾祸里给它们带来了幸福，因为没过多久，猫妈妈和小猫显然都比以前好多了。它每天照常出外去寻找吃食。要从猫食贩子那儿弄点什么是挺不容易的，可是这儿有些垃圾桶，如果在里边找不到肉吃，至少也有一些土豆皮，可以用来解除第二天饥饿的痛苦。

有一天晚上，灰猫妈妈闻到一股奇特的香味，那是从胡同尽头的东河那边飘过来的。碰到新奇的气味，总需要调查一下，何况这股味道又是那么诱人，所以它更用不着犹豫了。灰猫妈妈跑过一条街，来到河边的码头上。这儿除了阴暗的夜色以外，一点遮蔽的地方都没有。突然，它听到一阵狂吠声，接着又是一阵飞奔的脚步声。真是冤家路窄，头一个就碰上了它的老对头——码头上的那条狗，冲过来拦住了它的退路。这一下，逃跑的路只有一条了。它从码头上朝那只发出香味的船上一跳。狗没法跟上去。于是，在第二天早晨，当这只渔船起航的时候，不愿离开的灰猫妈妈也被带了出去，从此它就没露过面。

历险鸟兽商店

小贫儿在家里空等着，老不见妈妈回来。第二天早晨来了又过去了。它的肚子饿得挺厉害，将近傍晚的时候，它受着一种本能的驱使，就自己跑出去寻找吃食。它悄悄地从破饼干箱里溜了出来，一声不吭地在垃圾堆里摸索着往前走。所有的东西，只要像是能吃的，它都去嗅了嗅，但它还是一点吃食也没找到。后来，它爬上一道木台阶，一直走到日本人马莱的鸟兽商店的地下室门前。地下室的门微微开着，它就逛了进去。屋子里充满了强烈的怪味，四周全是大大小小的笼子，里面关着一些活蹦乱跳的玩意儿。有个黑人懒洋洋地在屋角的一只箱子上坐着。他看见这个陌生的小东西跑进来，就好奇地朝它望着。小贫儿从几只兔子身边走过，并没有引起什么注意。接着它又走过一只大铁笼，里边关着一只狐狸。这位长着毛茸茸的尾巴的绅士，正在老远的角落里待着。它低低地趴在那儿，眼睛放射着亮光。小猫一边溜达，一边嗅着，然后又爬到笼子的铁条上，把脑袋伸进去闻了闻，接着就朝饲料盆走去。这时候，趴在角落里的那只狐狸，猛一下抓住了它。小家伙吃惊地喵呜了一声，可是狐狸只这么摆弄了一下，叫声马上就停止了。要不是黑人跑来搭救，就算它有几条命，这会儿也全完蛋了。那个黑人没带武器，又不能跑到笼子里去，可是他使足力气，朝狐狸脸上吐了口唾沫，吓得那只狐狸赶忙扔下小猫，跑回原来的角落里，坐在那儿又懊丧又害怕地眨巴着眼睛。

黑人把小猫拖出笼子。刚才狐狸那么一摆弄，好像把小猫给震昏了。事实上这么一来，反而倒没吃多大苦头。看样子小猫并没受到什么伤害，只不过有点头晕。它摇摇晃晃地转了一阵子，才慢慢地恢复了神志。几分钟以后，当鸟兽商日本人马莱回店里的时候，它已经在黑人的膝盖上呼噜呼噜的，显然又跟原先一样活泼有劲了。

日本人马莱并不是东方人，而是个道道地地的伦敦佬。可是，在他那张又圆又扁的脸上，却意外地长着一对眯细的眼睛。所以，当人们都用这个富于描绘性的名字"日本人"来称呼他以后，他原先的名字就被大伙儿遗忘了。他对鸟兽并没有什么特别不好的地方，他就靠这行买卖来维持自己的生活。不过他的目光总是放在金钱上，他知道什么样的鸟兽才合乎他的需要。他不想要这只贫民区里的小猫。

那个黑人让小贫儿放开肚皮饱餐了一顿，然后把它带到很远的地区，扔在一片堆满废铁的荒地上。

垃圾箱的主人

饱饱地吃上一顿，能够维持一只猫两三天的需要，小贫儿因为储备了足够的热量与精力，又显得生机勃勃了。它在一堆堆废物的周围荡来荡去，用好奇的眼光，朝远处挂在高高的窗户上的金丝雀笼瞅了几眼。接着，它爬上篱笆向那边望了望，发现有条大狗在那儿，又赶忙悄悄地爬了下来，无意中找到了一个阳光充足的藏身的地方，就躺下来睡了一个钟头。后来，一阵轻微的鼻息声吵醒了它。它睁眼一瞧，看到一只长着闪闪发光的绿眼睛的大黑猫站在它面前。粗壮的脖子、结实的脚爪，乍一看就知道，这正是上次弄死它兄弟姐妹的那只大公猫。现在，这家伙的腮帮上多了一道伤疤，左耳朵也被扯烂了。它没有一点友好亲善的样子，两只耳朵略微朝后动了动，尾巴一抽一抽地摆来摆去，喉咙里发出了一阵轻微而低沉的声音。小贫儿天真地朝大公猫走过去。它已经不记得这家伙了。可是，大公猫只在一根木桩上擦了擦脚爪，就不声不响地、慢吞吞地转身走开了。小贫儿最后看到的是它那条东抽西摆的尾巴。小家伙一点也不知道，它今天又像上次在狐狸笼里一样，差点儿枉送了性命。

天黑的时候，小贫儿开始觉得饿了。它仔细地嗅察着空气里各式各样的、无法看见的长长的气流，然后选定气味最富有吸引力的一股，依靠鼻子的嗅觉，跟着找过去。它在废铁场的角落里，发现了一只废弃的食物罐头，并且在里边吃到一些挺可口的食品。接着，一只放在水龙头下面的水桶，又让它解了渴。

它把一夜的时间，大部分都花在四处巡回和熟悉废铁场的主要路线上了。到了白天，还是跟先前一样，用在太阳底下睡大觉的方式消磨时间。日子就这样一天天地过去了。有时候，它在废罐头里美美地吃上一顿，有时候却什么也找不到。有一回，它在那儿又看见了那只大黑猫，但是没等对方发现自己，它就小心地躲开了。那只水桶经常放在老地方，万一不在的话，下面石板上也还有些小水潭可以解渴。不过，废罐头是挺不可靠的。有一次，它一连三天没在里面找到吃食。后来它顺着高高的篱笆搜寻过去，发现了一个小洞，就从那儿钻出去，来到了空敞的大街上。这是个新的世界，可是它还没走多远，就听见一阵哒哒哒的跑步声——一条大狗扑上来啦。小贫儿好容易才抓紧时间钻回篱笆上的小洞里。它饿得难受极了，幸亏找到一点陈腐的土豆皮，才暂时解除了一点饥饿的威胁。第二天早晨，它不再睡觉了，而是到处去寻找食物。一些麻雀在废铁场上叽叽喳喳地叫着。它们常常到这儿来，可是现在，小贫儿却用一种新的眼光瞅着它们。饥饿的强大压力，引起了它那野性的猎食念头。这些麻雀正是它捕捉的好对象，正是它的吃食。它本能地趴下身子，一点一点地偷着走过去，可是这些小鸟儿非常机灵，及时地飞跑了。它不是一次，而是许多次地尝试着，但总没能成功。于是它越发相信，这些麻雀要是能够逮住的话，准是好吃的东西。

饿肚子饿到第五天，小贫儿又冒着危险跑上大街，奋不顾身地埋头寻找食物。当它离开那个避难的小洞已经很远的时候，突然有几个男孩子跑过来，用砖头扔向它。它吓得扭转头就跑。后来一只狗也参加了追赶，这一下小贫儿的处境就更加危险了。幸亏前面的一所房子门前有一道老式的铁栅栏，等那条狗追上来的时候，它已经溜进铁栅栏里去了。这时候，上面窗户里有个女人吆喝着赶走了那只狗。接着，又有几个孩子朝这个不幸的小家伙扔来一块猫食。于是，小贫儿就吃上了一顿一生中从未吃过的好饭菜。这所房子的门廊，现在变成了它的避难所。它在这儿耐心地坐着，直到夜深人静的时候才像个幽灵一般，悄悄地溜回了废铁场。

像这样过了两个月，它长得比以前更大更壮实，对邻近地区的情况也全摸透了。它还熟悉了多条大街。在这儿，每天早晨都可以看到一长排一长排的垃圾箱。它甚至觉得，自己就是这些垃圾箱的主人。在它的眼里，那座大楼并不是什么罗马天主教会馆，而是一个供应食物废罐头的地方。从这些罐头里，可以找到许多最最精美的鱼肉屑。过了不久，它还认识了那位猫食贩子，并且跟别的猫一起，畏畏缩缩地跟在手推车后面，等机会抢猪肝吃。它也碰到过码头上的那条狗和另外两三条跟那条狗差不多凶恶的家伙。它知道这帮家伙会给它带来什么，也懂得怎样去躲开它们。同时，因为发现了一种新的猎食方法，它还感到非常得意。不用说，对送牛奶的人大清早留在人家台阶上或是窗台上的诱人的牛奶瓶，一定有千百只猫动过脑筋。可是有一回，也完全是出于偶然，小贫儿发现一只牛奶瓶的盖子破裂了，因此就学会了揭盖子的方法，称心如意地喝了一顿。当然，开牛奶瓶是它所办不到的，可是许多牛奶瓶上的盖子都是尺寸不合的，小贫儿就常常花费很多的精力，去寻找没有封严的盖子。后来，它扩大了它的探险范围，深入到邻近地区的中心。最后，它终于又回到了鸟兽商店后面，那片堆满垃圾桶和垃圾箱的荒地上。

它从来没把废铁场当成它的家，待在那儿，总觉得自己是个陌生人。可是在这里，它已有一种主人的感觉。同时，在发现这儿又来了一只小猫的时候，它感到非常恼恨，它带着威吓的神情，朝那只新来的小猫走过去。但是，正当它们已经在咆哮怒叫、互相进逼的时候，楼上窗口里倒下一大桶水来，把它俩淋得浑身透湿，而且，还有效地消除了它们的火气。两只猫各自奔逃，新来的翻墙跑了，小贫儿躲到一只垃圾箱下面，那就是它出生的地方。场上的一切很强烈地引起它的好感，于是它又在这儿住了下来。垃圾场上残剩的食物没有废铁场上的多，而且一点水也找不到。不过有些迷路的老鼠常常上这儿来，还有一些味道最美的小耗子，这都是小贫儿偶然碰到的。这些小东西不但给它当了鲜美的食物，还使它因此交上了一个朋友。

最要好的朋友

现在小贫儿已经完全长大了。它已经长成了一只相貌惊人的猫儿，外形和老虎很相像，浑身全是淡灰色，上面带着一些黑色的斑点，鼻子、耳朵和尾巴尖上的四个美丽的白点，又给它增添了不少特色。现在，对于维持生活的事儿，它已经非常老练了，不过有时候还是免不了要挨饿，还是满足不了自己想逮麻雀的雄心。它孤单单地独个儿过着日子，可是，就在这时候，它的生活里增加了一股新的力量。

八月里的一天，它正躺在那儿晒太阳的时候，一只黑猫顺着墙头朝它走了过来。它一看见那只扯烂了的耳朵，马上就认出这家伙是谁。于是赶忙溜进垃圾箱里藏了起来。黑猫雄赳赳地踏着步走了过来，轻巧地跳到垃圾场尽头的一座顶棚上。但是当它正要跨过屋顶的时候，迎面又上来一只黄猫。黑雄猫把眼睛一瞪，朝对方咆哮起来。黄猫也毫不示弱，照样竖眉瞪眼大叫不休。两条尾巴在猛烈地抽来甩去，粗壮的喉咙在咆哮、怒吼。它们的耳朵朝后耷着，全身的肌肉也紧张了起来，面对面地各自朝对方逼近。

"呼——呼——呼！"黑猫叫着。

"呜——呜——呜！"对方用比它低沉的声音回答着。

"呀——呜——呜——呜！"黑猫吼着，一面又往前逼近了半英寸。

"呼——呼——呼！"黄猫应和着，它高高地弓着背，用威风凛凛的步子朝前迈了一英寸。接着又是一阵"呼——呼"，又往前跨了一英寸，尾巴还是连甩带抽地摆个不停。

"呀——呜——呼——呼！"黑猫提高嗓子大叫起来，一面挺着宽宽的突出的胸脯，一面却朝后退了八分之一英寸。

这时候，四周的窗户都打开了，传来了人们的谈话声。可是两只猫儿相持不下的场面还在继续着。

"呼——呼——呼！"黄猫咆哮着，声音越来越低沉，而对方的喉咙里响起的叫声却越来越高了。接着，黄猫呼的一声，又往前迈了一步。

这一下，两只猫的鼻子只隔三英寸远了。它们斜着身子站在那儿，都摆出了准备厮打的架势，都在等对方先动手。它们一声不吭地瞪着眼，像泥菩萨似的相互眈视了三分钟，只有尾巴尖还在扭动。

"呼——呼——呼！"黄猫又用低沉的声音吼了起来。

"呀——啊——啊——啊——啊！"黑猫大声吼着，想用叫声来消除自己的恐惧，但同时又后退了六分之一英寸。黄猫就乘机前进了大半英寸。这时候，它们近得连触须都搅混在一起了。接着黄猫又逼近了一步，于是它们连鼻子都快碰上了。

"呼——呼——呼！"黄猫低沉地叫着。

"呀——啊——啊——啊——啊——啊！"黑猫拼命大叫，但是又后退了三十二分之一英寸。就在这时候，那只凶猛的黄猫，像恶魔似的蹿上去抱住了它。

两只猫滚呀、咬呀、抓呀，打得多么激烈啊，尤其是那只黄猫！

两只猫扭呀、拖呀、撞呀，打得又凶又猛，特别是那只黄猫。

它们翻过来滚过去，一会儿这个在上头，一会儿那个在上头，不过大部分还是那只黄猫占优势。它们一点点地移动，后来，终于在周围窗户里人们的呐喊助威的笑声中，从屋顶上滚了下来。它们一面往下滚，一面还在抓紧时间不停地抓来扯去，特别是那只黄猫，打得格外凶狠。等到摔到地面的时候，它们还在一个劲儿地厮打，可是占上风的，还是那只黄猫。待到分手的时候，两只猫全弄得遍体鳞伤，那只黑猫尤其伤得厉害！它爬上墙头，一面淌着血，一面哼哼着走掉了。这时候，窗户里的人们就互相转告说，凯列家的小黑到底给黄猫比尔打败了。

也许是那只黄猫的眼光特别敏锐，也许是小贫儿没有躲好，黄猫终于在垃圾箱当中发现了它，而它又没有跑开的意思，这可能是因为它亲眼看见了刚才的战斗吧。打胜仗，是最能赢得异性欢心的事情。因此，从这时起，黄公猫就成了小贫儿最要好的朋友。它们虽然不在一块儿生活，也不在一块吃东西——猫是不大这么做的——但它们都把对方看作是特别亲密的朋友。

小贫儿做了妈妈

　　九月过去了，十月来临了，这时候，那只破旧的垃圾箱里发生了一件事情。要是黄猫比尔跑来的话，它就可以看到，小贫儿已经做了妈妈，五只小猫蜷缩在它的怀里。对它来说，这真是一桩绝妙的事情。它感到了最大的满足，无比的快乐。它爱这些小猫儿，慈爱地舔着它们。这种慈爱的程度，要是它具有考虑这类问题的能力的话，一定会使它自己都觉得惊奇的。

　　这件事给自己单调乏味的生活增添了乐趣，但同时也给自己带来了照顾孩子的责任，在自己的沉重负担上增加了不少分量。现在寻找食物的事儿，占去了它的全部精力。等孩子们长大了些，能在垃圾箱当中爬来爬去的时候，它的负担就更重了。这些小家伙在出世六个星期以后，总是趁着妈妈不在就到处乱跑。这儿的贫民区里有句俗语，说是：祸事成堆来，好事一眨眼。小贫儿跟狗碰上过三次。有一回饿了两天肚子，马莱家的黑人还用石头砸它。后来算是时来运转了。第二天早晨，它在短短两个钟头的时间里，就找到一只没有盖子的、装得满满的牛奶瓶，又从一个手推车的订户那儿抢到一块猪肝，另外还找到一个大鱼头。当它带着一种只有在吃饱肚皮以后才有的那种安逸劲儿，舒舒服服地走回家去的时候，在垃圾场上看见一只褐色的小东西。于是，它的脑海里又浮现了打猎的念头。它不知道这是只什么动物，可是它曾经弄死和吃掉过许多小耗子，这个短尾巴长耳朵的家伙，一定是只大鼹鼠吧。小贫儿怀着一种不必要的小心，蹑着脚走过去。它看到的实际上是只小兔子，这时，那只小兔子却坐了起来，好像觉得挺有趣。它不想跑开，于是小贫儿就扑上前去，抓着它，拖着就跑。因为肚子不饿，它把小兔子带回了垃圾箱，朝小猫当中一扔。小兔子没受多大伤害，不一会儿，它已经从惊吓中恢复过来。它没法跑出垃圾箱，就挨在小猫当中挤来挤去。等到猫儿们开晚饭的时候，它也很快做出了决定，跟着它们一块儿吃了起来。这下可把老猫给弄迷糊了。捕食小动物的天性，仍然在它心里占着重要地位，只因为它肚子不饿，小兔子才得了救，母爱的天性才有机会出现。结果，小兔子也成了猫家庭的一分子，也跟那些小猫一起，受到了小贫儿的保护和养育。

又是两个星期过去了。灰猫妈妈不在的时候，那些小猫总是在垃圾箱当中胡闹着玩儿。这时兔子还是没法走出垃圾箱。后来，小猫在垃圾场后面被日本人马莱看见了，就吩咐他的黑人去打死它们。有一天早晨，黑人用一枝22毫米口径的猎枪，照马莱的意思干了起来。他一只接着一只地把它们打落在垃圾堆的缝隙里。这时候，老猫从码头上逮来一只老鼠，顺着墙头跑回家来。要不是看见老猫衔着老鼠，因而才改变了主意的话，那个黑人也要朝小贫儿开枪了，因为他认为，捕鼠猫是应该留着的。说来也真巧，它有生以来逮到的一只大老鼠，竟然就救了它的性命。它穿过废物堆，回到垃圾箱里，可是小猫没有回答它的呼唤，这使它觉得挺纳闷，那只小兔子又不愿意吃老鼠。于是猫妈妈就一面蜷起身子喂它吃奶，一面却不时地呼唤它的小猫。黑人听见叫声，就跟着声音悄悄地走过来，偷偷往垃圾箱里一瞧，禁不住大吃一惊，因为他看见里头有一只老猫、一只活兔子，还有一只死老鼠。

猫妈妈把耳朵朝后一耷，呼呼地怒吼起来。黑人转身走开了，但是一分钟以后，垃圾箱口上忽然盖上了一块木板。于是，这里头的住户，不论死的活的，全被搬到鸟兽商店里去了。

"嘿，老板，快瞧这儿——咱们不见的那只小兔子跑到这玩意儿里头去啦。这一下你该不会说我把它偷去换东西了吧。"

小贫儿和那只兔子被小心地关进一只大铁丝笼里，让大家欣赏这个美满的家庭。可是几天以后，那只小兔子生病死了。

小贫儿待在笼子里，老是觉得挺不痛快。它吃得饱、喝得足，但它更渴望的是自由——这会儿它感到，宁愿死去也不情愿失去自由。不过，在四天多的牢笼生活里，它已经被洗得干干净净，身上的毛全刷得光溜溜的，露出了它那不同寻常的毛色。日本人马莱看到这种情况就决定把它留下来了。

皇家阿纳洛斯坦

马莱是个矮个子伦敦人，他因为一直在一间地下室里出售廉价的金丝雀，所以很被人瞧不起。他穷得要命，那个黑人肯待在他这儿，是因为这个英国人肯跟他一块儿吃饭，一块儿睡觉，并且还完全平等地对待他。这在美国佬当中，是很少有人愿意干的。按照这个黑人的看法，马莱是个道道地地的老实人，但这一点他是完全看错了。因为大家都挺清楚，马莱的主要收入，是依靠收留和养好偷来的小猫小狗赚来的。那六只金丝雀，不过是摆摆样儿。

但马莱还是很自信。只要有点什么小小的成就，他就会说："你瞧着，山姆，我的好伙计，总有一天，你会看见我有自己的马的。"他不是个毫无雄心的人，有时候，他希望能当上一位出名的饲养家，但是他的雄心是微小、软弱和不能持久的。

说句老实话，有一回，他甚至自不量力地要求参加尼克波克高等社会猫狗展览会。他提出这样的要求，有三个不大明确的目的：第一，想满足他的雄心；第二，去取得参加展览会的许可证；第三，"噢，你要知道，一个做猫狗买卖的人，就得认认那些珍贵的好猫。"马莱这样对自己说。但是，这是个社交界的展览会，参加展览的人，必须经过介绍，因此，他那只可怜的混血波斯猫，就遭到了傲慢的拒绝。

马莱只对报纸上的"失物栏"感兴趣，但他也挺注意"怎样让动物多长皮毛"的材料，并且还收集了一些这方面的剪报。他把这些材料贴在地下室的墙上。于是，就在这些剪报的影响下，他以小贫儿为对象，着手进行一种近乎残酷的实验工作。首先，他在它肮脏的皮毛上涂上一种药物来消灭它身上的那些蚤虱。这一步工作完成以后，不管小贫儿怎么张牙舞爪，怎么咆哮叫唤，还是用肥皂和热水替它彻彻底底地洗了个澡。小贫儿被弄得恼火透了。可是当它待在火炉边上烘干了身子的时候，一股温暖舒适的热流传遍了它的全身，它的毛全都蓬张了开来，又柔软又白净，真是好看极了。马莱和他的助手看到这样的成绩，心里说不出有多么高兴。不过这只是准备工作，正式的实验才刚刚开始哩。

“多吃油腻食物，长时间地暴露在冷空气里，是长毛的最有效的措施。”剪报上是这样说的。这时冬天就要到了，马莱把关小贫儿的笼子，挪到外面的空场上，只在下雨和受到风的直接吹刮时，才给它遮掩一下，另外还用大量的油饼和鱼头给它当食物。一个星期以后，变化就看出来了。它在飞快地发胖起来，毛色也越来越光溜了——说实在的，它除了发胖和长毛以外，也没什么可干的。它的笼子总是保持得挺干净。寒冷的天气和油腻的食物，在它体内发挥了作用，使小贫儿的皮毛一天比一天浓厚起来、光滑起来。等到冬天过去一半的时候，它已经长成了一只漂亮得出奇的猫。它身上的毛又浓密又好看，毛上的花纹和斑点，也是非常少见的。

马莱对这次实验的结果极为满意。一点小小的成就，也会对他产生很大的影响，因此他竟做起成名得利的美梦来了。干吗不把小贫儿送去参加即将开幕的展览会呢？去年的失败，使他对一些小地方也变得更加谨慎起来。

“你瞧，山姆，”他对他的黑人助手说，“用流浪的野猫身份去报名，那是不行的，但我们可以想办法去迎合尼克波克的要求。最好能取一个好听的名字，应该叫作'皇家'什么什么的才成——对于尼克波克来说，皇家两字是再合适不过啦。就管它叫'皇家狄克'或是'皇家沙姆'，你看怎么样？不过等一等，这全是公猫的名字。噢，对了，山姆，你出生的那座岛叫什么来着？"

"咱老家叫阿纳洛斯坦岛，先生。"

"嗨，真妙啊。就这么叫，'皇家阿纳洛斯坦'！全展览会中独一无二的皇家阿纳洛斯坦，你说这名儿好吗？"说罢，两人咯咯地一齐笑了起来。

"可是咱们还得弄张血统调查书才行啊。"于是，他们又伪造了一份非常详尽的、附有家谱的血统调查书。在一个黑魆魆的傍晚，山姆戴着一顶借来的大礼帽，把小贫儿和血统调查书交给了展览会的门房。这个黑人担负了谈判的任务。他在第六街当过理发师，他能在五分钟的时间内，装出一副马莱一辈子也做不来的体面而傲慢的气派。我们可以毫无疑问地说，皇家阿纳洛斯坦之所以能光荣地被接受参加展览会，山姆的做功也是原因之一。

能够做一名展出人，使马莱感到很得意。但是，他沾染了很浓厚的伦敦人那种敬畏上层阶级的习气。展览会开幕的那天，那种成排的马车和大礼帽的场面，就把他给吓住了。看门的人仔细地瞅着他，看见他有入场券，才勉强放他进了门，准把他当成是哪个展出人的马夫了。大厅里，在一长排一长排的笼子前面，铺着一条条的天鹅绒地毯。马莱凭着自

己的一点小聪明，悄悄地沿着两边走过去，看看各种各样的猫儿，望望那些红缎带和蓝缎带，一面还东张西望，但又不敢打听自己的展品摆在哪儿。要是让那些上流社会的先生们发现了他的骗局，那他们会说些什么呢？一想到这里，他就禁不住一个劲儿哆嗦。他跑遍了外面的过道，看到了许多得奖的猫儿，可就是不见小贫儿的影子。里面过道上的观众挤得更厉害。他东穿西绕地走到那儿，但还是没见到小贫儿。于是他想，这一定是评判员后来又把他的猫给剔掉了。不过没关系，他已经弄到了入场券，而且现在也知道，该上哪儿去找那几只珍贵的波斯猫和安哥拉猫了。

高级猫全放在中间过道的中央，那儿挤着一大群人。过道上用绳子拦了起来，两旁站着两个警察，在维持人群向前流动，马莱挤在他们当中。他个子矮，没法朝前看。尽管那些服装华丽的家伙们，全在躲避他那套破烂衣服，他还是没法挤上去。不过他从别人的谈话中，归纳出这样的结论：展览会最出色的展品就陈列在这儿。

"啊，瞧它多漂亮！"一个高个子女人说。

"多么出色！"有人应和着。

"没错儿，只有在最高贵的环境里待了好多年，才能有这样的气派。"

"我真想有一只这么好看的猫儿！"

"瞧它那副样儿，多尊贵，多悠闲！"

"听说它有一份真正的血统调查书，它的家谱差不多一直推到了法老①时代。"这时候，可怜而肮脏的马莱，自己都觉得挺奇怪，为什么他竟敢把他的小贫儿送来，跟这样的猫儿争奇比美呢？

"对不起，太太。"展览会的主持人从人群里挤了过来，"《竞赛精华》杂志的美术家来了，他奉命来给'展览会的明珠'作素描，马上送去急用。能不能请诸位略微往旁边站一站？噢，对了，谢谢诸位！"

"喂，主任先生，您能不能说服那位展出人：请他把这只漂亮的猫出让给我？"

"噢，这我可不知道，"主任回答说，"据我了解，他是个不容易接近的大富翁，不过我可以试试看，太太，可以试试看。我从他的管家那儿听说，他根本就不愿意让他的宝贝参加展览。喂，先生，请让一让路。"主任吆喝着，因为这时候，衣衫褴褛的马莱，正在美术家和那只贵族名猫之间急切地挤来挤去。不过，这个受人轻视的人，只是想弄弄清楚，那些值钱的猫儿到底摆在什么地方。现在他走近了些，已经望得见那只笼子了，而且还看到了挂在那儿的一块说明牌，上面这样写道："尼克波克高等社会猫狗展览会，以金质奖章及其绶带，授予纯种的、持有血统调查书的皇家阿纳洛斯坦。展出人：著名饲养家杰·马莱绅士。（非卖品）"马莱屏住呼吸，又仔细地看了看。是呀，一点也不假，在那只高高的镀金笼子里的天鹅绒垫子上，在四名警察的守卫

————————
　　①法老：古埃及国王。

下，趴在那儿的正是他的小贫儿。它身上的毛，灰里带黑，油光光的，蓝幽幽的眼睛半闭着，朝那张图画上的一只猫儿望着。由于被一群大惊小怪的家伙们围着，它显出一种非常厌烦的样子，它喜欢这些人的程度，跟了解他们的程度是同样微小的。

小贫儿害上想家病

马莱在笼子周围待了好几个钟头。他在听取观众们的评论——他所感受到的荣誉是他有生以来从未体验过的，就是做梦也难得梦见的。但他也看得出来，自己最好还是别露面，他得让他的"管家"来办理一切事务。

由于小贫儿的参加，展览会举办得非常成功。在它主人的眼睛里，它的身价也一天天地高了起来。他不知道，人们买起猫来能花多少钱。他以为，当他的"管家"授权给那位经理，以一百美元的价格出售阿纳洛斯坦，已经是达到纪录的最高峰了。

这就是小贫儿被人从展览会上搬到第五街的一座大楼里的具体过程。开始的时候，它表现得非常粗野。可是这儿的主人认为，它之所以拒绝人们的爱抚，是因为它具有高不可攀和不愿意随便跟人亲近的性格。它躲开巴儿狗逃到餐桌中央去的行为，又被看作是具有一种根深蒂固但又很错误的想法——害怕巴儿狗碰脏了它。它对金丝雀的袭击，也得到了原谅，因为它在东方的故乡是看惯了这种暴虐的行为的。

它在揭开牛奶罐的盖子时，所表现的那副高贵的姿态，尤其令人赞赏。它不喜欢它的那只铺有丝质垫子的睡篮，并且，还经常一头撞在玻璃窗上。不过，这也是挺容易理解的，因为那只睡篮太平常了，同时，在它过去高贵的家里，是不用

平板玻璃的。它在围着高墙的后院里捉麻雀，但是好几次都失败了，这又再度证明，它从小到大一直是娇生惯养的。同时，因为它常常沉迷在食物的废罐头里，它的新主人又觉得，这说明它有一点点情有可原的出身高贵的怪癖。它吃得饱，又受到宠爱，人们欣赏它、称赞它，但是它并不感到快乐。小贫儿害上想家病啦！它把脖子上的绶带狠命地抓了下来，又朝平板玻璃窗上乱跳乱蹦，因为它以为从这儿可以跑出去。它回避人们和狗，因为他们过去对它总是不怀好意。它常常坐在那儿，呆呆地望着窗外的屋顶和后院，希望能上那儿去换换环境。

但是，它被人严密地看守着，从来也不让往外跑——所以，每当它在室内看到那些令人高兴的废罐头的时候，就总会想起过去的那些日子。可是，在三月的一个晚上，趁这些罐头被送出去交给早班清道夫的当儿，皇家阿纳洛斯坦就抓住机会，溜出大门，逃得无影无踪了。

当然，这件事引起了一场很大的骚动。可是小贫儿呢，它既不晓得，也不去关心——它想到的只是回家。说来也许是凑巧，它走的那条路，正是回到格兰墨茜·格兰奇山的方向，可是在到达那儿之前，它也碰到了各式各样的小危险。而目前它又怎么样呢？它离开了大楼，断绝了自己的生活来源。它的肚子开始饿了，但它还是体验到了一种特殊的幸福感。它在一座沿街的花园里，畏畏缩缩地待了一些时候。一阵阴凉的东风刮了起来，给它捎来一个特别亲切的信息。对人们来说，这是难闻的码头上的气味，但对于小贫儿，这却是家里送来的表示欢迎的音讯。它顺着那条长长的街道，一直向东跑去。有时穿过沿街花园的栅栏，有时像木偶似的站上一会儿，不然就穿过大街，找寻光线最暗的一边走。后来，它终于来到了河边的码头上，可是一瞧呀，这个地方挺陌生。这时候，它既可以往南，也可以朝北。后来由于某种感觉的驱使，它向南边走了过去。一路上，它在码头、车辆、狗和猫当中躲来闪去，还要回避港湾的警察和笔直的木板墙。一两个钟头以后，它嗅到了熟悉的气味，也看到了熟悉的景物。在太阳出来以前，它终于拖着疲惫的身子，迈着疼痛的脚，穿过那座老篱笆上的那个老洞洞，再翻过一面墙，来到了鸟兽商店后面的垃圾场上——一点没错，回到了它出生的那只垃圾箱里。

嗨，第五街的那一家子人，现在要是能来看看它的所谓的东方的故乡，该多么好玩啊！

它休息了好一会儿以后，才悄悄地跑出垃圾箱，从木台阶上走到地下室，照老规矩找起吃食来了。突然间，地下室的门开了，那个黑人站在那儿。他朝里面的鸟兽商人大声喊道："快来呀，老板。这不是皇家阿纳洛斯坦回来了吗？"

小贫儿正往墙上蹿蹦的时候，马莱赶来看见了它。他们提高了嗓门，用一种最甜蜜、最吸引人的声调喊着："小贫儿，小贫儿，可怜的小贫儿！来吧，小贫儿！"可是小家伙对他们的好意并不感兴趣，它还是跑去干它从前的老行当去了。

皇家阿纳洛斯坦给马莱带来了一笔横财——因为它，这间地下室才增加了不少舒适的设备，笼子里才添上了许多新的鸟兽。目前最重要的问题是，要把这位"皇后"重新逮住。于是，他们布置了一些臭肉片和其他一些适当的引诱物。后来，小贫儿被新的饥饿逼慌了：就爬进一只放着大鱼头的捕猫箱。那个在旁边守望着的黑人把绳一拉，盖子就翻下来了。一分钟以后，皇家阿纳洛斯坦又当上了地下室里的一名俘虏。当时，马莱查寻了一下报上的"失物栏"。

"喏，找到啦！赏金五十美元。"当天晚上，马莱先生的管家就带着那只失踪的猫儿，来到了第五街的那所大楼里。"先生，马莱先生向您致意。皇家阿纳洛斯坦最近又在旧主人家附近出现了。马莱先生说，他能把皇家阿纳洛斯坦送还给您，感到非常荣幸。"当然，马莱先生是不需要报酬的，可是对这位管家却应该赏点什么。同时，他自己也露骨地表示，说是他希望得到悬赏的那笔钱，要是再额外加上点什么，那就更加高兴。

发生了这次逃亡事故以后，小贫儿被监视得更加严密了。但是，它对过去的挨饿生活，丝毫也不觉得厌倦，而对目前的安逸舒适，也并不感到快活。它变得比从前更粗野、更不开心了。

逃离乡间别墅

春光明媚的日子来到了纽约。一些肮脏的小麻雀，在叽叽喳喳地翻来滚去，各处的猫儿都在整夜地吼叫不休。住在第五街的这一家人，也在打算搬到乡下去待些日子。他们收拾好东西，关上屋门，动身朝五十英里以外的别墅搬去。小贫儿也被装在一只篮子里，一块儿带走了。

"换换空气，变变环境，正是它所需要的。这样可以减少它对旧主人的怀念，可以叫它快活起来。"

猫篮子被装上了一辆咯噔咯噔、摇摇晃晃的马车。一路上，小贫儿闻到了一些新奇的气味，听到了一些从未听过的声响。突然间，马车拐了个大弯，接着又轱辘轱辘地向前滚动了一阵，震得猫篮子越发摇晃起来。跟着马车停了一小会儿，又拐了一个弯儿，然后又是咔嗒咔嗒的声音、砰砰砰的声音、一阵又长又尖的吹哨声、一座高大的前门的门铃声，接着又是一股难闻的气味、一股叫人恶心的怪味、一股越来越可怕和越来越令人讨厌的窒息的气味、一股臭得要命的臭味，再加上咯噔咯噔的马车声，把可怜的小贫儿的吼叫声都给淹没了。正当这一切发展到叫人无法忍受的时候，救星来到了。小贫儿听见一阵咔嗒声、噼啪声，马车里有了亮光，空气也流通了。接着，一个男人的声音喊道："第一百二十五街到啦，大家请下车吧！"当然，这些话对小贫儿来说，只不过是一阵人的叫喊声罢了。这时候，大吵大闹的声音几乎听不见了——的确没有了。可是不多会儿，虽然那股难闻的臭味不再出现了，不过砰砰的声音又响了起来，而且还夹杂着许多别的声响；车身也重新摇晃起来；一阵漫长而空洞的轰隆声，和一股愉快的码头气息，很快地过去了。接下来是一连串的震动声、轰隆声、吱嘎声、停车声、咔嗒声、噼啪声，一阵气味、颠簸、摇晃过去后，又是一股气味，又是一阵摇晃——大摇晃和小摇晃——煤气、烟气、尖叫声、门铃声、震动声、滚动声、轰隆声，接着又是一些新的气味、噼啪声、踢踏声、上下跳动声、辘辘滚动声，接着又是一些气味传来。最后，马车停下来了，闪亮的阳光，通过猫篮的盖子照射进来。这只身份高贵的猫儿，又被抬上一辆老式的马车里，从原来的路上转了个弯。不一会儿，车轮又发出咔嚓咔嚓的声音；另外还有一种新奇而可怕的声音——狗叫声，有大狗，也有小狗，而且这狗叫声全近得叫人害怕。末了，猫篮又被抬了起来，小贫儿终于来到了它的乡间别墅。

每个人都对它非常亲切。他们都想逗它高兴，但是，大家的希望全都落了空。只有小贫儿在逛进厨房时发现的那个大胖子女厨师，有时候还可能做到这一点。在这个热心人身上，好像有一股近乎贫民区的气味，而这种味道，小贫儿已经有好几个月没闻到过，因此，它对皇家阿纳洛斯坦就具有一种相当程度的引诱力。女厨师也知道，主人担心的是怕猫儿逃跑。于是，她就对主人说："它的确有逃跑的念头，可是只要给它尝上点好吃的，保证叫它安下心来。"接着，她就机敏地把这只不易接近的猫儿捉到围裙里，大胆地在它的脚底板上涂了些奶油。当然喽，小贫儿是讨厌她这么干的——它讨厌这儿的一切。可是等它被放下地来，用舌头去舔自己的脚爪的时候，就发现奶油的味道挺合口味。它花了整整一个钟头，把四只脚爪全舔遍了。那个女厨师得意扬扬地说："这一下它可真的不想跑啦。"小贫儿的确是待下来了，可是它最感兴趣的，不过是那间厨房、那个女厨师和那只废菜桶罢了。

主人们显然对它的这些古怪脾性感到不高兴，可是因为看到皇家阿纳洛斯坦比以前安心和可亲了些，也就觉得挺满意了。一两个星期以后，他们给了它更多的自由。他们小心地保护着它，不让它遭到任何危险。那些狗也在主人的教导下，对小贫儿抱着尊敬的态度。所有住在这儿的人，不论大人小孩，对丁朝这只持有血统调查书的名猫扔上一块石头的事，是连想都不敢想的。它要吃什么，就能吃什么，但它还是觉得不快活。它眷恋着许多东西，但这些东西到底是什么，它自己也搞不清楚。现在它样样都有了——一样也不缺了，但它需要的是另外一种东西。它吃得饱，喝得足——大吃大喝，随心所欲。可是，当它可以从牛奶碟子里尽情吃喝的时候，牛奶却失去了原有的味道。只有在又饥又渴，从牛奶罐里偷喝的时候，才觉得鲜美可口，不然的话，它就失去那股特有的气味——也就根本不是牛奶了。

不错，在这所房子的后面、旁边和周围，也曾经有过一个挺大的垃圾场，可是现在，全叫玫瑰花给败坏了、糟蹋了。同样的马、同样的狗，一到这里也都走了味儿。乡间的整个地区，活像一片冷落的大沙漠：到处是毫无生气的、讨厌的花园和干草地。纵眼望去，看不到一所房子，望不见一根烟囱。这一切叫它多么恼恨啊！在这个可怕的地方，只在一个不被人注意的角落里，有一簇香气扑鼻的灌木丛。它挺喜欢在这儿的树叶子中间抓抓咬咬，打滚作乐。在这个地区里，这样玩玩已经算是最有意思的事了，而且也是独一无二的玩意儿。因为自从来到此地以后，它就从来没有找到过一个臭鱼头，也从未发现过真正的食物废罐头。总而言之一句话，这儿是世界上最丑陋、最讨厌、最难闻的地方。要是能自由行动的话，那它准在头一天晚上就逃走了。说老实话，它现在越来越自由了。同时，它的主人们认为，它跟那个女厨师的亲切关系，会使它在这儿安心地待下去的。可是，当这个倒霉的夏天刚要过去的时候，有一天，这里发生了一连串的事故，又把这位高贵俘虏的贫民区的天赋性格重新激发起来了。

码头上运来一大捆东西。里边装些什么，一时还没法知道，可是它充满了一股浓烈而诱人的码头味儿和贫民区的气息。小贫儿闻出了这股味道，旧日的生活极其清晰地浮现在它的脑海里。第二天，女厨师就为那捆东西的事出去了。这是一捆断电线，当天晚上，主人的小儿子，一个不懂得尊敬贵族猫儿的小美国佬，在小贫儿的尾巴上系了一只罐头。当然，他这么做，一定还有什么其他对猫儿有利的打算。可是小贫儿对他这种胡闹行为，感到非常气愤，就张牙舞爪地狠命反抗着。那个小美国佬吓得大叫起来，惊动了他的妈妈，她用一本书，机敏而轻巧地对准小猫扔去。可是小贫儿侥幸地躲开了。不用说，接着它就逃到楼上去了。老鼠被人追赶的时候，总是往下逃。狗被人追赶的时候，总是往平地上跑。猫呢，碰到有人来追，却总是朝上奔。它躲到顶楼上，藏得严严的，在那儿一直待到夜里。然后，它才悄悄溜下楼来，一扇又一扇地推那些纱门，后来发现一扇门没有闩上，就从那儿逃进了八月的漆黑夜色里。人们在这样的夜里，只能看见漆黑一片，在小贫儿看来，也只是灰蒙蒙的。它穿过那些讨厌的花木，在那簇独一无二的诱人的灌木丛里，最后滚了一滚，然后就大胆地找路回家了。

回家的道路是它从来没有见过的，那它又怎么能找得到呢？所有的动物，都具有一种辨别方向的能力。在这方面，人是挺差的。马的鉴别力就非常强。猫呢，也挺不错。就凭着这一点奇妙力量的指引，小贫儿朝西边跑去，它虽然不太清楚，可是却非常肯定。它这么跑，是受着一种普通的冲动所驱使；它这么肯定，也只是因为这条道儿比较好走的缘故。一个钟头以后，它已经走了两英里路，来到了哈得逊河边。有许多次，它的嗅觉告诉它，走这条路是正确的。它又遇到了一种又一种的熟悉的气味，就好像一个人在一条陌生的道路上走了一英里路，可能一点印象也没有，可是当他回头再走一遍的时候，就会觉得熟悉了。"可不是，这个我过去看到过。"给小贫儿带路的，主要也就是这种辨别方向的感觉，它的鼻子也一刻不停地在给它提供保证："对，你现在走得对——春天的时候，这地方咱们走过的。"

河边上有条铁路。它没法从水路上走。它必须往南，或者是朝北。对于这一点，它的方向感是非常明确的。它的方向感指出："往南走。"于是，小贫儿就顺着铁路和篱笆之间的小道儿，一直朝南跑去。

红眼睛的黑色大怪物

　　猫在爬树或是翻墙的时候，动作非常敏捷。但是一英里又一英里，一小时又一小时的长途跋涉，它们就不在行了，只有狗才能胜任。小贫儿一路上虽然还算顺利，而且路也挺直，可是一个钟头以后，它只跑了不到两英里的路程。这时候，它感到很疲倦，四只脚也有点跑痛了。它正打算停下来休息的时候，"一条狗"跑近篱笆，在它耳朵边突然发出一阵可怕的狂吠，吓得它拔腿就逃。它拼命往前直奔，一面又警惕地注意着，看那条狗会不会穿过篱笆来追它。没有，还没有！可是一会儿之后，那条狗又紧挨着篱笆赶了上来，一面还可怕地狂叫着。小贫儿就顺着篱笆的另一面，安安全全地往前飞跑。不一会儿，狗叫声渐渐变成了一种低沉的喧闹声——接着，声音又响了些，变成了咆哮声——接下来又变成一种可怕的轰隆声。这时后面射过来一道亮光，小贫儿回头一瞄，发现追它的不是狗，而是一个长着雪亮的红眼睛的黑色大怪物。这家伙一面咆哮，一面喘气，像一大群猫在大吵大闹似的飞跑过来。它鼓足全力往前逃命，达到了它从来没有过的最高速度，但它又不敢跳过篱笆。它像一条狗似的飞跑着，但一点也没有用，那个大怪物还是赶上了它。可是它待在黑暗里，所以大怪物没有看见它，而是急急忙忙地在小贫儿面前跑了过去，接着便在夜色里消失了。小贫儿气咻咻地蹲在那儿，自从听到狗叫的时候起，它与家的距离又缩短了半英里的路程。

这是小贫儿头一次碰到这个陌生的大怪物。其实，这家伙只是看起来陌生，小贫儿的鼻子好像早就很熟悉怪物的气息了。同时，它的鼻子还告诉它，怪物的出现，是回家道路上的另一个标志。可是后来，小贫儿逐渐对这种大怪物并不怎么害怕了。它发现，这个家伙笨得要命，只要悄悄地往篱笆底下一溜，静静地往那儿一躺，就保证不会被发现。在天亮以前，它碰见过好几次这样的怪物。但总是被它安全地逃脱了。

太阳快要出来的时候，它来到一小堆可爱的破烂堆跟前，运气真不错，它在垃圾当中找到了一些未经消毒的食物。这一天，它是在一座马棚附近度过的，这儿有两条狗，还有几个小男孩，他们差点儿毁了它的一生。这地方挺像它的家，但它并没有在这儿待下去的意思，往日的希望在驱使着它。第二天夜里，它又像以前那样出发赶路了。它看到那种独眼的怪物，整天在这儿跑来跑去，但小贫儿慢慢地感到习惯起来，因此走了一夜的安稳路。第三天，它是在一座谷仓里度过的，并且还在那儿逮到了一只小耗子。第四天晚上跟头一天一样，只是遇见了一条狗，多跑了一大段回头路。有好几回，因为碰上了岔道儿，迷失了方向，走过不少冤枉路。但它总能及时地回到朝南的路线上。几天过去了，白天，它躲在谷仓里，避开狗和小孩。到了晚上，才一瘸一瘸地往前赶路，因为它的脚走得越来越痛了。但它还是一个劲儿往前走，一英里又一英里地往南走，一直往南走——狗、小孩、咆哮的怪物、饥饿——狗、小孩、咆哮的怪物、饥饿——但是，它仍然不停地前进啊前进。它的鼻子不时地在鼓励它，信心十足地向它报告："没错儿，这种味儿，咱们今年春天闻过的。"

一连串的好运

一个星期就这样过去了。肮脏、疲累、丢掉绶带、脚痛腿酸的小贫儿，来到了哈兰姆桥上。虽然这儿有一股芳香的气息笼罩着，可是小贫儿不喜欢。它花了半夜工夫，顺着河岸上上下下地跑来跑去，除了发现几座桥以外，并没有找到其他别的朝南去的办法。同时，它也没碰上什么有趣的事物，只发觉这儿的大人跟小孩子对它有些愤恨。于是，它不得不再回到哈兰姆桥上去。这不仅因为这儿的气味比较熟悉，而且，当独眼怪物经过这儿时，所发出的那种特别的轰隆声，跟它春天来时听到过的挺相像的。等到夜深人静以后，它跳上铁轨的枕木，悄悄地往桥那边溜去。可是在没走到三分之一路程的时候，一个独眼怪物像滚雷似的迎面跑了过来。它吓了一大跳，可是它知道这种家伙笨得要命，眼睛也像瞎子似的一点不管用，就朝下面的一根边梁上一跳，趴在那儿躲着。当然，大怪物没有看见它，隆隆地跑了过去，看来已经没事了，殊不知那家伙突然又奔了回来。这也许是另一个长相跟它一样的怪物，打后面呼哧呼哧地跑了上来。小贫儿蹿上长长的铁轨，朝对岸奔去。要不是迎面又呜呜地冲来了第三个红眼怪物，它也许已经跑到那儿了。它用足全力，拼命地跑呀跑呀，可是它被两个敌人夹在中间了。它没有别的办法，只好从枕木上奋不顾身地往下一跳——跳到哪儿，它自己也不知道。它落呀，落呀，落呀——扑通一声掉进了深水里。水倒不冷，因为这时候正是八月天。可是天哪，这多可怕啊！它浮到水面的时候，弄得水哗哗直响，还呛着了。它望望四周，看看那些怪物是不是也跟着游了过来，然后才往对岸凫去。它从来没学过凫水，但它还是游起来了。道理很简单，因为猫在凫水的时候，它的姿势和动作，跟走路的时候一模一样。掉进去的这个地方，它一点儿也不喜欢，于是就想"走"出来。结果呢，就朝岸边凫了过去。往哪边岸上凫呢？对老家的热爱是错不了的——它只能朝南岸凫去，那边是离家最近的地方。它浑身湿淋淋地爬上泥泞的河岸，接着又穿过几个煤堆和垃圾堆，弄得浑身又脏又黑，显出一副最难看最邋遢的样子。

等惊慌的心情平复以后，这位皇族的小猫儿，就觉得这场冒险没什么不好了。一个大澡洗得它觉得浑身舒畅，内心里也产生了一种愉快的胜利感——它不是在机智上战胜了那三个怪物吗？

它的嗅觉、它的记忆、它那辨别方向的本能，又帮助它找到了道路。可是这儿时时都有那种大怪物在穿来穿去。它经过郑重的考虑，决定转过身去，沿着带有回家标志的香味的河岸跑去。这么一来，它就逃脱了隧道里难以形容的恐怖。

后来的三天里，它熟悉了东河码头上的各种危险和复杂情况。有一回，它错上了一条渡船，被带到卡岛去了，但它又搭上了另一条早班船跑了回来。末了，到第三天晚上，它终于来到了一个熟悉的地方，它头一回逃跑的时候，曾经在此地过夜。于是，从这个地方开始，它的方向更明确了，跑起来也更快了。它知道自己是在往哪儿去，也晓得该怎么走。对于避开狗的追逐，它现在又有了更好的办法。它跑得更快了，心情更愉快了，过不了一会儿，它就真的可以回到它的老家——老垃圾场上去了。再转上一个弯，那条街就能看见啦。

可是——怎么搞的！那条街不见了！小贫儿简直没法相信自己的眼睛，但它又不能不信，因为这时候，太阳还没露头哩①。这条街上原来那些东倒西歪、零零落落的房子，现在已经变成了一大片破烂的废墟，地上只剩下一些乱七八糟的石头、木头和洞穴。

小贫儿跑遍了这个地方，那些残余的柱子和人行道的特点使它明白，这儿的确是它的家。鸟兽商店的老板原先就住在这儿，从前的垃圾场也在这儿，可是现在，它们都不见了，完全不见了，连它们熟悉的气味也全被带走了。这种情况使小贫儿难过透了、失望极了。对故乡的热爱是它的主要感情。它放弃了一切跑了回来，可是它的家却已经不存在了。它那颗小小的坚强不屈的心，这回也感到沮丧了。它在寂静的垃圾堆上荡来荡去，既找不到安慰，也找不到可吃的东西。废墟占据了好几条街的面积，一直伸展到后面的河

---

①猫在没有太阳的地方，看得特别清楚。

边上。这不是火灾造成的，小贫儿曾见过火烧的场面。看上去，这好像是一群红眼睛大怪物干的事儿。小贫儿哪儿知道，有座大桥就要在这个地方兴建起来哩。

太阳出来以后，它想找个藏身的地方。隔壁那条街还在那儿，而且没有多大变化，于是，皇家阿纳洛斯坦就上那儿歇脚去了。它对那边的地形有点熟悉，可是它一到那儿，就发现这块地方已经挤满了跟它一样的、被赶出老家的猫儿。这使它挺不高兴，也觉得有些意外。当废罐头被扔出来的时候，每只罐头总有好几只猫儿一起抢着吃。很明显，这儿是在闹饥荒了！小贫儿在这儿忍耐了几天以后，只好跑到第五街去找它另外的那个家。可是它跑到那儿，发现大门紧闭着，里头一个人也没有。它在那儿等了一天，跟一个穿蓝外套的大个子，闹了一场不愉快的别扭。所以到第二天晚上，它又回到那个拥挤的贫民区里来了。

九月和十月过去了。许多猫都饿死了，有一些又因为体力太弱，遭到了它们的天然敌人的残害。可是年轻力壮的小贫儿还照样活着。

这时候，那些废墟上发生了巨大的变化。在它到来的那天晚上，这儿还显得挺安静，可是现在，却成天地挤满了喧闹的工人。一座它来的时候已经盖得差不多的高楼，在十月底全部完工了。小贫儿受着饥饿的逼迫，偷偷地溜到一只铅桶那儿，这是一个黑人放在外边的。运气真不好，这只铅桶不是用来装残剩的食物的，这是本区的一种新玩意儿，是用来大扫除的。小贫儿感到挺失望，不过铅桶上也有一点值得宽慰的地方——桶把上有股熟悉的气味。当它正在仔细进行研究的时候，那个开电梯的黑人又出来了。虽然他穿着一身蓝衣眼，可是身上散发出来的气味，却跟桶把上的一样叫人感到亲切。小贫儿退到了街那边，那个黑人目不转睛地朝它注视着。

"这不是皇家阿纳洛斯坦吗！来呀，小灰猫，咪、咪、咪，来呀！我看你一定很饿了。"

很饿了！它已经有好几个月没好好地吃上一顿了。那个黑人跑进大楼，把自己的午饭拿了一部分出来。

"来吧，小猫，咪咪咪！"这看上去有多好，可是小贫儿对这人有些怀疑。后来，他把吃食往地上一放，回到了大楼门前。小贫儿非常小心地跑上前来，朝吃食上嗅了嗅，最后一口叼了起来，像只小老虎似的奔到一边，安心地吃了起来。

这是一个新时期的开始。每当饿得难受的时候，小贫儿总是跑到大楼的门前来，它对那个黑人越来越有好感了。过去，它对这个人一直不了解，他也好像总是抱着一种敌对的态度。可是现在，他成了它的朋友，唯一的朋友。

有一个星期，它交上了一连串的好运。七天当中，它每天都捞到了一顿鲜美的吃食，而在最后的那顿食物里，它发现了一只津津有味的死老鼠，这是一味道道地地的上等食品，真是意想不到的好饭菜。有生以来，它从来没有弄死过这么大的老鼠。于是，它衔着那只死老鼠，把它藏了起来，留着以后食用。当它在新盖大楼前边过街的时候，碰上了它的老对头——那条码头上的狗——小贫儿不自觉地朝大楼门前奔了过去，它的那个朋友就住在这儿。它快到门口的时候，那个黑人正在开门送一个衣装华丽的人出来，于是，他们俩都看见了这只衔着老鼠的猫儿。

"喂！你瞧瞧这只猫！"

"是的，先生，"黑人回答说，"这是我的猫，先生，老鼠见了它就怕，先生！老鼠都快叫它捉光了。"

"噢，可别让它挨饿呀。"那个带着老爷派头的人说，"你养得活它吗？"

"猫食贩子每天都来，先生，两毛五分钱一个星期，先生。"黑人说，他完全看得出来，这条"建议"一定可以使他捞到五毛钱的外快的。

"就这么办吧，费用由我来负担。"那个阔绰的先生慷慨地说。

"猫——食！猫——食！"当那个老猫食贩子推着手推车来到美化了的斯克里姆柏胡同的时候，这种诱人的、召唤猫儿的喊声又传来了，那些猫又像从前一样地蜂拥过来，接受它们应得的那份吃食。

猫食贩子还记得这儿的黑猫、白猫、黄猫和灰猫，最主要的，是记住了它们的主人。手推车来到新盖大楼附近的拐角上的时候，就按照新近修正的时间表停了下来。

"来吧，到路上来吧，你这个不值钱的小废物。"猫食贩子叫喊着，他挥舞着棒子，为那只蓝眼睛白鼻子的灰猫开出一条路来。小贫儿吃到了一份特别大的食物，因为山姆英明地把这笔收入平均分配了。这时候，小贫儿带着它那每天一份的吃食，跑到大楼的隐蔽的地方吃去了，它每天都按时上大楼这儿来。现在它已经进入它的生活第四阶段，日子过得美满幸福，这是以前做梦也没想到的。起初，一切事情都跟它作对，而现在，一切又好像都变得称心如意了。是不是旅行增长了它的智慧，这很值得怀疑。可是现在它懂得，什么才是它需要的，并且还得到了它。它成功地满足了长期以来想逮到麻雀的雄心，并且逮到的不是一只，而是两只。它们是在水沟里拼命厮打的时候，叫小贫儿逮住的。

我们有理由设想，它从那时起就没有再捉到过一只老鼠。可是那个黑人为了要说明问题，只要办得到，就弄来一只死老鼠展览一下，不然的话，小贫儿就有失去生活津贴的危险。黑人把死老鼠放在大厅里，等主人来看过以后，才连声道歉地扫开去："是那只猫干的，先生，这个皇家阿纳洛斯坦，天生就叫老鼠害怕。"

后来，它又生过几次小猫。黑人猜想，其中几只的父亲是那只黄公猫。当然，他是猜对了。

有好多次，他把这些小猫卖给了别人。但是，他这么干是一点没有恶意的。他也非常明白，只要过上几天，皇家阿纳洛斯坦又会回来。毫无疑问，他积存这些钱，是为了一种正当的抱负。小贫儿也懂得宽恕他了，有时甚至还配合着一起干。那个黑人告诉别人，有一次，小贫儿在最高的一层楼上，听见了猫食贩子的声音，还想法撅按电钮，叫他开电梯送它下去。

现在，小贫儿又变得光洁漂亮了。在手推车的四百名食客当中，它虽然不是唯一的一个，但却被公认为是最最出色的名猫。猫食贩子对它是绝对尊重的，连当铺老板娘的那只喝奶油、吃鸡肉的猫儿，也没有皇家阿纳洛斯坦这样的地位。不过，尽管它过着安逸的生活，有着相当的社会地位，还有高贵的名字和伪造的血统调查书，但在它的一生中，它最最喜欢的，还是在傍晚的时候溜出去，到贫民区里兜兜圈子。直到如今，它还是和从前一样，不论在内心里还是在外貌上，都仍然不过是一只肮脏的贫民区里的猫。

　　　　　　　　　　　　　　　　（黎 金 林 希 译）

狼行成双

邓一光

他们在风雪中慢慢走着。他和她是两只狼。他的个子很大，很结实，刀条耳，目光炯炯有神，牙齿坚硬有力。她则完全不一样，她个子小巧，鼻头黑黑的，眼睛始终潮润着。他的风格是山的样子，她的风格则是水的样子。

　　刚才因为她故意捣乱，有只兔子在他们的面前眼巴巴地跑掉了。
　　他是在他还是少年的时候就征服了她的。然后他们在一起相依为命，共同生活了整整九年。这期间，她曾一次次地把他从血气冲天的战场上拖下来，把伤痕累累、昏迷不醒的他拖进荒僻的山洞里，用舌头舔他的伤口，舔净他伤口的血迹，把猎枪的砂弹或者被凶猛的敌人咬碎的骨头渣子清理干净，然后，从高坡上风也似的冲下去，去追捕獐獾，用獐脐和獾油为他涂抹伤口。做完这一切后，她就在他的身边卧下，整日整夜的，一动不动。

但是，更多的时候，是由他来照顾她的。他们得去无休无止地追逐自己的猎物，得与同伴拼死拼活地争夺地盘，得提防比自己强大的凶猛对手的袭击，还得随时警惕来自人类的敌视。

有时候他简直累坏了。他总是伤痕累累，疲于应战。而她呢，却像个不安分的惹事包，老是在天敌之外不断地给他增添更多的麻烦。她太好奇，而且有着过分乐观的天性。她甚至以制造那些惊心动魄、险象环生的麻烦为乐事。他只得不断地与环境和强大的敌手抗争。他怒气冲天，一次又一次深入绝境，把她从厄运之中拯救出来。他在那个时候简直就像一个威风凛凛的战神，没有任何对手可以扼制住他。他的成功和荣誉也差不多全是由她创造出来的。

没有她的任性，他只会是一只普通的狼。

天渐渐地黑下去，他决定尽快地去为她、也为自己弄到果腹的食物。

天很黑，风雪又大，他们在这种状况下朝着灯火依稀可辨的村子走去，自然就无法发现那口井了。

那是一口枯井，村里人不愿让雪封住井，将一床黄棕旧雪被披在井口，不经意地做成了一个陷阱。

他在前面走着，她在后面跟着，中间相隔着十几步。他丝毫也没有预感，待他发觉脚下让人疑心的疏松时，已经来不及了。

她那时正在看雪地里的一处旋风，旋风中有一枝折断了的松枝，在风的戏弄下旋转得如同停不下来的舞娘。轰的一声闷响从脚下的什么地方传来。她才发觉他从她的视线中消失了。她奔到井边。他有一刻是昏厥过去了，但是很快就醒了过来，并且立刻弄清楚了自己的处境。他发现情况不像想的那么糟糕。他只不过是掉进了一口枯井里，他想这算不得什么。

他曾被一个猎人安置的活套套住，还有一次被夹在两块顺流而下的冰坨当中，整整两天时间他才得以从冰坨当中解脱出来。另外一次，他和一头受了伤的野猪狭路相逢，那一次，他的整个身子都被鲜血染红了。他经过的厄运不知道有多少，最终他都闯过来了。

井是那种大肚瓶似的形状，下畅上束，井壁被凿得很光溜，没有可供攀援的地方。

他要她站开一些，以免他跃出井口时撞伤了她。她果然站开了，站到离井口几尺远的地方。除了顽皮的时候，她总是很听他的话。她听见井底传出他信心十足的一次深呼吸，然后听见由近及远的两道尖锐的刮挠声，随即是什么东西重重跌落的声音。

他躺在井底，浑身全是雪和泥土。他刚才那一跃，跃出了两丈来高，能跳到这个高度实在是有些了不起，但是在这个高度，他离井口还差着老大一截子呢。他的两只利爪将井壁的冻土乱挠出两道很深的印痕，那两道挠痕触目惊心，同时也代表着一种深深的遗憾。

她扒在井沿上，先啜泣，后来止不住放声大哭起来。她说："呜呜，都怪我，我不该放走那只兔子。"他在井底，反倒笑了，他是被她的眼泪给逗笑的。在天亮之前的那段时间里，她离开了井台，到森林里去了，去寻找食物。她走了很远，终于在一株又细又长的橡树下，捕捉到一只被冻得有些傻的黑色细嘴松鸡。

他把那只肉味鲜美的松鸡连骨头带肉一点不剩全都嚼了，填进了胃里，之后感觉好多了。

他可以继续试一试他的逃亡行动了。这一次，她没有离开井台，她不再顾忌他跃上井台时会撞伤她。她扒在井台上，不断地给他鼓劲儿，呼唤他，鼓励他，一次又一次地催促他跳起。隔着井里那段可恶的距离，她伸出双爪的姿势在渐渐明亮起来的天空的背景中始终是那么坚定，这让井底的他一直热泪盈眶，有一种高高地跃上去用力拥抱她的强烈欲望。然而他的所有努力都失败了。

天亮的时候，她离开了井台，天黑之后，她回来了。她很艰难地来到井台边，她为他带来了一只獾。他在井底，把那只獾一点不剩地全都填进了胃里。然后，开始了他新的尝试。

她有时候离开井台，然后再折回到井台边来。她总觉得在她离开的这段时间里，奇迹更容易发生。

她在那里张望着，期盼着她回到井边的时候，他已经大汗淋漓地站在那里，喘着粗气傻乎乎地朝着她笑。但是没有。天亮的时候，她再度离开井台，消失在森林里。

天黑的时候，她疲惫不堪地回到井台边。整整一天时间，她只捉到一只还没有来得及长大的松鼠。她自己当然是饿着的。但是她看到他还在那里忙碌着，忙得大汗淋漓——他在把井壁上的冻土一爪一爪地抠下来，把它们收集起来，垫在脚下，把它们踩实。他肯定干了很长一段时间了。他的十只爪子已经完全劈开了，不断地淌出鲜血来，这使那些被他一爪一爪抠下来的冻土，显得湿漉漉的。她先是愣在那里，但是她很快就明白过来了，他是想要把井底垫高，缩短井底到井口的距离。他是在创造着拯救自己的生命通道。

她让他先一边歇息着，她来接着干。她在井坎附近，刨开冰雪，把冰雪下面的冻土刨松，再把那些刨松的冻土推下井去。她这么刨上一阵，再换他来把那些刨下井去的冻土收集起来垫好，重新踩实。

他们这样又干了一阵，他发现她在井台上的速度慢了下来，有点急不可耐了。他不知道她是饿的，她也很累，还有伤。天亮时分，他们停了下来。他们对自己的工作很满意。如果事情就像这么发展下去，他们会在下一次太阳升起来的时候最终逃离那口可恶的枯井，双双朝着森林里奔去。但是村子里的两个少年发现了他们。

　　两个少年走到井台边，朝井下看，发现了躺在井底中憧憬的公狼。然后他们跑回村子里拿来猎枪，朝井里的他放了一枪。

　　子弹从他的后脊梁射进去，从他的左肋穿出。血像一口暗泉似的往外蹿，他一下子就跌倒了，再也站不起来。

　　开枪的少年在推上第二发子弹的时候被他的同伴阻止住了。阻止的少年指着雪地里的几串脚印给他看，它们像一些灰色的玲珑剔透的梅花，从井台一直延伸到远处的森林中。

　　她是在太阳落山之后回到这里的，她带回了一头黄羊。但是她没有走近井台，她在淡淡的橡树子和芬芳的松针的味道中闻到了人的味道和火药的味道。然后，她就在晴朗的夜空下听见了他的嗥叫。

他的嗥叫是那种警告的嗥叫，他在警告她，要她别靠近井台。要她返回森林，远远离开他，他流了太多的血。他的脊梁被打断了，他无法再站起来。但是他却顽强地从血泊中抬起头颅，朝着头顶上斗大的一方天空久久地嗥叫着。

　　她听到了他的嗥叫，她立刻变得不安起来。她昂起头颅，朝着井台这边嗥叫。她的嗥叫是在询问出了什么事。他没有正面回答她，只是叫她别管。他叫她赶快离开，离开井台，离开他，到森林的深处去。她不，她知道他出了事儿。她从他的声音中嗅出了血腥味儿，坚持要他告诉她到底发生了什么，否则，她决不离开。

　　两个少年弄不明白，那两只狼嗥叫着，一唱一和，只有声音，怎么就见不到影子？但是他们的疑惑没有延续多久，她就出现了。两个少年是被她的美丽惊呆的。她体态娇小，身材匀称，仪态万方，鼻头黑黑的，眼睛始终潮湿润泽，皮毛是一种独特的银灰色。她站在那里，然后慢慢朝他们走过来。两个少年，他们先是愣着的，后来其中一个醒悟过来，把手中猎枪举了起来。

　　枪声很沉闷，子弹钻进了雪地里，溅起一片细碎的雪粉。她像一阵干净的轻风，消失在森林之中。枪响的时候他在枯井里发出长长的一声嗥叫。他的嗥叫差不多把井台都给震垮了。在整个夜晚，她始终等待在那片最近的森林里，不断地发出悠长的嗥叫。他在井底也在嗥叫。他听见了她的嗥叫，知道她还活着，他的高兴是显而易见的。他一直在警告她，要她别再试图接近他，要她回到森林的深处去，永远不要再走出来。她仰天长啸着，她的长啸从那片森林里传出来，一直传出了很远。

天亮的时候，两个少年熬不住打了一个盹。与此同时，她接近了井台，她把那只冻得发硬的黄羊拖到井台边上。她倒着身子，刨飞着一片片雪雾，把那头黄羊用力推下了枯井。他躺在那里，因为被子弹打断了脊骨而不能动弹。

那头黄羊就滚落到他的身边，他大声地叫骂她——他要她滚开，别再来烦扰他，否则他会让她好看的。

他的头朝一边歪着，看也不看她，好像对她有着多么大的气似的。她趴在井台上，尖声地呜咽着，眼泪汪汪的，要他坚持住，只要他还有一口气，她就会把他从这该死的枯井里救出去。

两个少年后来醒了，但是仍然没有射中她。在接下去的两天时间里，她一直在与他们周旋着。两个少年一共朝她射击了七次，都没能射中她。

在那两天的时间里，他一直在井里嗥叫着，没有一刻停止过。他的嗓子肯定已经撕裂了，以至于他的嗥叫断断续续，无法延续成声。

但是在第三天的早上，他们的嗥叫声突然消失了。两个少年探头朝井下看，那只受了伤的公狼已经死在那里了。他是撞死的，头歪在井壁上，头颅粉碎，脑浆四溅。那只冻硬的黄羊，完好无损地躺在他的身边。

那两只狼，他们一直在试图重返森林，差一点就成功了。

后来他们陷进了一场灾难。先是他，然后是她，其实他们一直是共同体。现在他们当中的一个死去了。他死去了，另一个就不会再出现了，他的死不就是为这个吗？

两个少年回村子拿绳子。但是他们没有走出多远就站住了。她站在那里，全身披着银灰色的皮毛，皮毛上伤痕累累，满是血痂。她一副筋疲力尽、身心俱毁的样子，因为皮毛被风吹拂着，就给人一种飘动着的感觉，仿佛是森林里最具古典美的幽灵。她微微地仰着她的下颌，似乎是轻轻地叹了一口气，然后，朝井台这边轻快地奔来。

两个少年几乎看呆了，直到最后一刻，他们中的一个才匆忙地举起了枪。

枪响的时候，停歇了两天两夜的雪又开始飘落起来了。

狐狸妈妈

卢振中

又一次做妈妈

母狐紫雾蹲踞在太湖石般的红柳疙瘩上，整整两个昼夜了。它望眼欲穿，它泪水流干，它悲痛欲绝。它知道，它亲爱的郎君公狐闪电再也回不来了。

闪电两天前出去猎食，离开家不一会儿，东北方就传来"嘶啦——"一声刺耳的枪响。母狐紫雾熟悉这扯布般的枪声，不管什么鸟兽撞上发出枪声的那杆猎枪，必死无疑。因此，作为那杆猎枪主人的那个猎人便有了令人不寒而栗的绰号——"定心丸"。

紫雾也不想活了，就这样永远蹲踞下去，同这具红柳疙瘩凝为一尊雕像，岁岁年年翘望着公狐闪电。

就在母狐做出这样忠烈的决定时，肚子突然发出一阵绞心疼痛，两眼一黑，一头从红柳疙瘩上栽下来。当它醒过来时，发现了身边满是血迹的三个毛茸茸的小狐崽。

母狐并不是第一次做妈妈，可心里依然涌起一种异样的神圣之感。

"哇！"不知哪里传来海鸥的叫声，紫雾立刻意识到眼前处境的危险。可把三个狐崽同时弄回家，母狐没有这样的本事。恰巧老邻居狐狸夺夺耳夫妇猎食经过这里。于是，每个叼上一只狐崽，送到西南不远那段叫老牛鼻子的旧黄河坝子下的家里。

　　母狐紫雾这才发现，那只唯一的公狐崽，一条后腿弯曲细短。母狐不由得为公狐崽的将来担心。对于狐狸，在这个充满险恶的世界上，发达健壮的四肢，跟有一副好脑瓜同样重要。

　　母狐已几天滴水未进，加上分娩的消耗，身体非常虚弱，急需吃点东西，为了自己，更为了三个孩子。它跌跌撞撞来到北面的小河边。河岸芦苇边的湿地上满是手指粗的小洞。紫雾嘴拱脚挠，不几下便从小洞里扒出一只柿子大小的螃蟹，嘎嘣嘣几下吞进肚里。当它吃下十几只螃蟹后，瘪塌塌的肚子像充上气的轮胎，渐渐凸了起来。紫雾知道，螃蟹不但能饱肚，还是催奶的灵丹妙药。它在回家的路上，便觉得乳房有些充实了。

对孩子不能溺爱

偌大的黄河口荒原遍布水泊蒿草，一派蛮荒苍凉的景象，是鸟兽最理想的生活乐园。只是，这里的人偏爱鸟类，把兽类视为大敌，怕它们在黄河堤坝上打洞作孽。从古到今，旧衙门、新政府都在悬赏捉拿穴居野兽。过去赏小米，如今奖人民币。"定心丸"就是贪图那三张花花绿绿的纸票子，杀害了公狐闪电。

猎人在猎杀闪电的第七天，用一辆自行车驮着晾晒得半干不湿的公狐皮，从荒原办事处领赏回来，正被追捕一只黄鼠狼的紫雾碰上了。母狐眼里喷血，龇牙咧嘴地就要扑上去，想咬断他的脖颈。就是被枪杀剥皮，它也不怕。可它忍住了——唉，还不全因为那三只可怜的小狐崽，它不忍心让它们成为孤儿啊。

猎人全然没有发现隐藏在路旁草丛中的母狐，只顾数着那几张票子，却不见半点开心的样子；三十元钱实在太少了。前年老伴去世了，留给他一个患小儿麻痹症的女儿铃铃，如今六岁了，走起路左腿一瘸一拐。城里医生说，治好这腿得需三千元。

这一切，母狐紫雾当然不会知道。它只知道公狐闪电没有一点过错，甚至它的同类也不曾有什么不轨行为。它们不懂蚁穴溃堤的成语，却懂得河堤决了口，受害的不仅是人类，兽类也难逃灭顶之灾。因此，如今狐狸洞穴都远离黄河堤坝。母狐住的那段老牛鼻子旧坝子上，就住着奁奁耳、白尾巴等五六家狐狸。

小狐崽在母狐的精心照料下，个个长得活泼可爱。仲秋的一天，母狐竟意外地一整天没出门为小狐崽弄吃的，饿得小家伙们嗷嗷直叫。傍晚，母狐带领孩子们来到它曾捉螃蟹的小河边。月光下，苇秆上蠕动着一个个柿子大的黑蛋蛋。这是一只只螃蟹，白天躲在泥滩下憋坏了，夜晚顽童般地攀上苇秆玩耍撒野。

母狐腾地弹跳起来，从高高的苇秆上叼下一只螃蟹嘎嘣嘣吃起来。

两只母狐崽立即模仿母狐的样子叼下苇秆上的螃蟹，狼吞虎咽地吃着。

公狐崽望着苇秆上的螃蟹，前爪一扑一扑，身子却怎么也不能跳离地面。它发现了一只停在芦苇根部的螃蟹，刚要张嘴去叼，母狐一脚爪给扇掉了。母狐坚持要它去叼一只爬在苇秆半腰的螃蟹。

公狐崽只好站立起来，吃力地往上蹦跳着。由于那条残疾的后腿力量不足，尽管拼上全身气力，嘴巴仍离螃蟹差那么一点点。

母狐边嗷嗷地喊着给它鼓劲，边暗暗用脚爪把苇秆压低了些。公狐崽终于从苇秆上叼下螃蟹。

母狐又让公狐崽去叼更高处苇秆上的螃蟹。小家伙满怀信心，加上第一次捉蟹的经验，这一次母狐没在暗中做小动作，它就把螃蟹叼下来了。

母狐就这样训练着公狐崽。它知道，对孩子不能溺爱，未来的世界对于有残疾的公狐崽，更是险象环生。

为公狐报仇雪恨

秋去冬来，荒原上落下第一场雪。顽皮的狐崽们惊奇地对着漫天飞舞的白蝴蝶，又扑又咬。

母狐却是另一种心情，它知道冬天对于它们不仅是严寒，更重要的是食物严重匮乏。雪后的第二天一大早，紫雾便悄悄走出家门为孩子们猎食去了。荒原上白茫茫的。母狐不喜欢雪，每个脚印都像图章印在白纸上。

母狐走不多远，在雪地上拾到一只冻僵的野兔子，它叼起来往家跑去。为了避免猎人的跟踪，母狐迂回着回窝里去。突然，一股异样的气味从雪后清冷的空气中飘来。母狐急忙藏在一丛柳灌下，探出脑袋往前一望，顿时惊得把嘴里的兔子掉在了雪地上。猎人"定心丸"就隐在前边的枯苇荡里。紫雾朝猎人枪口瞄准的方向望去，沼泽边有两只翩翩起舞的白鹤。

如果说"定心丸"杀害公狐闪电，还可以冠冕堂皇地打出"为民除害"的招牌，而猎杀白鹤这种国家一级保护动物，却是赤裸裸的犯罪行为了。这猎人有一手绝技，做出的鸟标本除了不会飞，看上去跟活鸟别无二致。只是，这些活灵活现的鸟标本，这些年只能成为女儿铃铃的儿童玩具。直到前天，他才从收音机里偶尔听到，有人向外国走私珍稀动物标本，一只白鹤标本至少值一千元哩。原来这雕虫小技竟能弄大钱——啊，女儿铃铃的腿有救了！

可惜这信息来得太晚了，白鹤都飞到南方越冬去了。整整两天他几乎跑断腿，昨天傍晚才发现了这两只白鹤。可天马上就黑了下来，接着下起雪。猎人激动得一夜没合眼，今早天不明就下了荒原。

母狐决心破坏这场狩猎，为死难的公狐闪电报仇雪恨。它把野兔卡在柳丛上，靠杂草遮挡，嗖嗖几下便来到沼泽边，旋即箭一般射向白鹤，正在调情舞蹈的白鹤突然受到惊吓，惨叫着惊慌地飞上天空。

猎人望望越飞越高的白鹤，望望雪地一团紫雾般的狐狸身影，顿时恍然大悟。"定心丸"把牙齿咬得咯咯响，这仇，紫雾算是报到节骨眼上了——这肯定是最后一对离开荒原的白鹤了。

不能就这样让紫雾白白跑掉。猎人尾随雪地上的狐狸脚印，大步追了上去。

假如在平时，母狐根本用不着远跑，只要兜上两个圈子，随便往草丛里一钻，保准万事大吉。可眼下，任你跑到哪里，雪地上都留下一串路标。

母狐边跑边动脑子，眼一瞥，发现雪地上有两个苇秆粗的小孔。它知道，雪下一定隐着一只野兽，雪地上的小孔是它鼻孔喘气呼出来的。母狐眼珠一转，一个绝妙的主意倏地生成了。

它唰地在雪地上踅了一个圈，找到那两个苇秆粗的小孔，嚓地一爪子刨下去。"腾！"雪下弹起一只小兽，是只脑瓜上嵌三道白杠的大脚狗獾。獾本该到了整天躺在窝里睡大觉的季节，可这家伙冬眠前却要钻到雪下潇洒一番。狗獾莫名其妙地被惊扰了美梦，吓得抱头鼠窜。

其实，狗獾大可不必如此惊恐，此刻母狐打扰，实在没一点恶意，只不过是要借借它的大脚印用用。紫雾这一招，真可谓妙不可言。狗獾在前面跑，母狐影子般若即若离地跟着，每一步都不偏不倚地踏在大脚狗獾印在雪地的大脚印上。

猎人追着追着，忽然发现雪地上的狐狸脚印，不知什么时候变成了大脚狗獾的。难道紫雾是个狐狸精，像孙猴儿那样会七十二变……他失望地一屁股坐在雪地上，接连抽了三根烟，然后，失魂落魄地朝家走去。

走到半路，猎人又返回来了。他一定要弄个水落石出，这狐狸到底耍了什么鬼花招。他伏下身子仔细瞅瞅狗獾脚印，就发现了破绽——狗獾长长的趾尖浅浅地印在雪地上，趾掌部分却深深陷下去。根据狗獾的体重和行走习惯，趾掌是陷不了这么深的，显然被母狐重新踏过一次。

人狐大战

当猎人"定心丸"破译雪地上的脚印之谜时，紫雾绕了一个圈又回到柳丛那儿，找回那只死野兔。这会儿三个小狐崽正享受美味佳肴哩。

对于"定心丸"，这初雪后的第一个早晨简直倒霉透了。猎人心里装不得火，只能让它燃烧、喷发。"定心丸"决定对母狐进行报复。而且初冬季节，正是狐皮最值钱的时候。

猎人"定心丸"满荒原转着，判断母狐的窝就在老牛鼻子旧黄河坝子上。当晚他把猎枪备好，又装满一葫芦特制的铁砂。这铁砂穿透力特强，却不伤害狐狸皮毛。

第二天半夜三更，"定心丸"带上猎枪、铁砂，临出门又拎上一只装满柴火的大草筐。他急匆匆来到老牛鼻子，径直奔向旧坝子东北角一丛荆棘掩盖着的破洞前。也真凑巧，这正是母狐紫雾的家。"定心丸"从筐里抱出一团草，一下子堵住狐洞，啪一声打燃打火机……

猎人刚走近坝子，紫雾听动静就断定来人是"定心丸"。它在洞里高度警惕着，以便见机行事，只是没想到他会来这一手。

紫雾不等浓烟灌进洞里，攒足全身气力，对着洞门一头冲撞出去。披在身上的柴草烟火，烧灼得母狐疼痛难忍，它腾地蹦了个高，在空中来了个漂亮的两周后滚翻。恰在这一刹那，猎人的枪响了，铁砂擦着地面扫过去。当然，没伤着紫雾一根毫毛——神人也料不到这鬼精灵会来这一手。

母狐跑不多远又返回来，它不能抛下孩子自个儿逃。这时，"定心丸"正往枪里装铁砂。母狐一声惊天动地的长鸣，霎时，几里长的坝子里，一下子钻出六七只大狐狸，形成扇子面儿冲猎人围攻上去。

他跟跟跄跄地跑回村，在村头正好碰上要去打猎的老猎人二囤。当"定心丸"说出事情原委后，二囤眼珠子一瞪："骚狐狸竟抱成团欺侮猎人，反了！"

二囤立即把小村里七八个猎人召集起来，扛上猎枪，领上猎狗，带上铁锨，浩浩荡荡直奔老牛鼻子。

　　"定心丸"仓皇逃走后，母狐紫雾、奔奔耳、白尾巴几个年长资深的狐狸简短商议了一下，觉得事态严重，决定马上迁移，离开旧坝子。

　　公狐崽虽然经母狐精心调教和训练，那条瘸腿的技能明显增强，但离一条好腿还相距甚远，跑起来仍一颠一颠的。紫雾一家刚逃到东南一片槐树林，猎人"定心丸"就追上来了。

　　权衡利弊，母狐狠狠心，丢下公狐崽，带上两个母狐崽一阵风飞奔而去，在黄河滩上一块腐朽的船板下，暂时安顿下来。

母狐的鬼名堂

　　一场劫难过去了，母狐开始思念起公狐崽。当夜，母狐紫雾踏着月光、残雪悄悄进了小村，找到猎人"定心丸"家。只见公狐崽被一条细铁链套着脖子，牢牢锁在外屋方桌的铁腿上。母狐知道这孩子再也救不走了。

　　绝望的母狐毫无目的地跳上桌子。桌角上有一只蓝色塑料水桶，旁边还有团一头拴在水桶把手上的长长的尼龙绳。

　　母狐跳下桌子走进里屋，炕上睡着猎人和一个女孩。猎人两手攥住女孩一条腿。

　　母狐从屋里走了出去，很快给公狐崽叼来一只大老鼠，一声不响地跳窗离开了。

　　猎人和女孩并没睡，月光把屋里映得亮堂堂，母狐的一举一动他们全看到了。猎人并不急于打死母狐，因为只要小狐崽在，它就等于攥在他的手心里。他要狠狠折磨折磨母狐那颗心。

第二天夜里，母狐又来了。这一次它直奔公狐崽，毫不左盼右顾，对着拴公狐崽的细铁链，从头到尾用牙齿把一个个环节咬了一遍，接着又从尾到头再咬一遍。

然后，母狐跳上桌子，叼起拴水桶的尼龙绳头，纵身跃上屋梁，把绳子穿过屋梁垂落下来。母狐下到地面，牙齿和前脚配合，很快在绳头结起一个圈，套在小狐崽脖子上。公狐崽感觉母狐正在想尽法儿救它，高兴得小狗样摇头摆尾。母狐却一副极为忧伤的样子。少顷，它又把公狐崽脖子上的绳套解开了。然后，从窗子跑出去。不大一会儿，给公狐崽送来一只黄鼠狼。

一连三个夜晚，母狐进屋后都在重复这一套动作。

每次等母狐离开了，铃铃总要好奇地问爸爸，狐狸妈妈这是在做什么。猎人总是缄默不语，他也琢磨不透母狐在搞什么名堂。

第四天夜晚，猎人正给女儿的腿做按摩，母狐又来了，它仍然做着前几次做的那一切。只是，这次母狐没有立即把绳套为公狐崽解开，却伸出紫红的舌头，对着公狐崽脸蛋一下下舔着……这时，一缕月光穿过窗孔洒在狐狸母子身上，只见母狐眼窝里泪光闪闪。母狐把公狐崽的脑瓜、身子挨个儿舔了一遍，便紧紧闭上眼睛，前额紧贴在公狐崽脑门上，那样静静地待着足有一分钟。

然后，纵身跳上桌子，头一摆，一下子把桌角盛有半桶水的塑料水桶推下去。公狐崽叫都没来得及叫一声，倏地被吊上半空……

　　"啊！"猎人和女儿同时惊叫起来。猎人一骨碌从炕上跳到地下，几步蹿到外屋，伸手把公狐崽从吊着的绳套上解下来。

　　铃铃也跛着一条腿奔到外屋。

　　猎人对母狐的举动终于恍然大悟，它一定是对救出公狐崽绝望了，不忍心让它永无时日地遭受这样的折磨和苦难，便下了狠心吊死孩子。然后，无牵无挂地带领两个母狐崽，永远离开荒原。

　　猎人没把这个推断告诉铃铃，女儿稚嫩的心灵经不住这样残酷事实的刺激。

　　铃铃轻轻抚摸着公狐崽，忽地手像被沸水烫了般，尖声惊叫起来："哎呀，这小狐崽也跟我一样，一条腿瘸了！"

　　其实，猎人早就知道公狐崽一条腿有残疾，可他不愿把这个事实告诉女儿。此刻，他望望公狐崽，望望女儿铃铃，这个铁石心肠的汉子禁不住哭了，泪水顺着眼角潸潸流淌下来。

　　铃铃急忙伸出小手掌为猎人擦眼泪："爸爸，你怎么哭了？"

　　猎人没有回答女儿的问话，他从墙角拿过一把钳子，几下拧开公狐崽脖子上的锁链，随即打开门，把公狐崽放在天井地上。

　　铃铃响亮地拍着小手喊着："去呀，小狐崽，快找妈妈去呀！"

　　公狐崽愣了一会儿，嗷地叫了一声，很快消失在月夜里……

高原神豹

王 族

精神的上升

　　大雪终于落下来了，漫天的雪花像无数小精灵似的飘向大地。在这个季节，上苍会对无数这样的小精灵发出让它们飘向大地的命令，它们虽然不知道最终会飘落到什么地方，但却都很乐意地上路了。它们踏上的是一条从上到下的道路，最后落到了大地宽大的胸怀里。大地在沉睡，它们经过一丝阵痛后，自身的光芒渐趋暗淡，慢慢进入了睡眠之中。但它们中间的一些兄弟姐妹却没有到达大地，在一阵风中歪歪斜斜地落到了山顶上。它们无法选择命运，所以只能静悄悄地躺在山顶上。山顶上的风很大，它们被吹得一片紧挨一片，直到彼此间再也没有空隙了才安静下来，它们因此获得了一个名字——积雪。

　　雪豹在这时候到达了山顶。冬天对雪豹来说是一年中的黄金季节，它必须到高山上去实现它的一系列梦想。它从低处向高处慢慢爬行，地上的雪踩上去是那么舒服，以至于让它有了几分欣悦之感。雪豹的内心是浪漫的，只有在大地被大雪覆盖之后，它才喜欢出来走动。走在雪地里，它觉得那是一种无比抒情的行走。当然，它最终的目的是爬到一座

高山上去。它不光浪漫，而且还高贵，它必须到一座又高又冷的雪山上去体验高贵。于是，在月亮出来时，它开始上路了。下雪的夜晚很安静，攀登使它的身体渐渐热了起来，它有了一丝去年曾有过的快感。

一只雪豹到达山顶纯粹是为了实现一次精神的上升。它站在一块石头上向远处眺望，那块石头本来处于最高的位置，它站上去便站在了众山之上。远处的山逶迤成一片，所有的山犹如是一座山。它望了一会儿，又转头去望刚刚升起的太阳，此时的太阳犹如一个刚刚出炉的红色钢球，正被云雾中的一双无形之手慢慢托起。雪豹内心的某个感念被激活了，它对着朝阳发出了呼啸。它的呼啸很短，但却很有力，像是有一把刀子从它身体里穿梭而出，刺得空气发出几丝颤动。喜欢高处的动物都具有刚烈的心性，大自然中的许多景象影响着它，让它的内心有了超凡的力量。对于它们而言，大自然是一面镜子，经常会让它们从中看见自己更具力量的一面。

除了站在最高的石头上向远处观望外，雪豹还将进行一次对山顶的巡视，然后将计划自己接下来数月的生活。雪豹走得很慢，每一块石头，每一棵树，每一条可以通行的路，它都一一记在心间；它的选择往往都在一瞬间，所以它必须熟知每一处的地形特点。雪豹的记忆力很好，任何地方只要它看上一眼后就再也不会忘记，直到所有的地方都被它牢记在心间后，它才会选择一个地方卧下，望着将陪伴自己度过冬天的这个山顶，它内心一定有了一丝欣悦之感。

几天后，一个问题摆在了雪豹面前——它的肚子饿了。它这才想起在冬天必须要做的一件事——捕食。这对它来说并不是什么难事，它将复制往年的经验，从山顶稍稍向下走一截路就可以完成这件事。据牧民讲，雪豹从来不伤害比它弱小的动物，它一直把那些内心骄傲、在冬天也喜欢爬到雪山上来的动物作为征服的对象。有许多岩羊在大雪天也喜欢到高山上来，岩羊具有在山崖间飞跃的超凡能力，差一点成了动物中的空中飞行者，但它们身上的脂肪太厚，加之臀部太过于丰满，所以不能飞起来。它们其实在秋末就上山了，但它们没有雪豹那样高傲的心性，所以它们总是爬到半山腰后便随意选一个避风的地方待着，再也不想走动一步。也许正是岩羊超凡的飞跃能力刺激了雪豹，所以雪豹将把它们作为捕杀对象。雪豹悄悄潜行到岩羊们留下蹄印的地方卧下身子，任大雪一层又一层地将自己覆盖，它必须要让大雪掩盖住自己，才能出其不意地袭击岩羊。它为此熬过了一个漫长的夜晚，大雪将它掩盖得不露一丝痕迹。早晨，岩羊们纷纷向这边走来，岩羊们有洁癖，在一场大雪后必须要找到干净的水才肯饮用。雪豹对岩羊的习惯烂熟于心，所以要利用这一时刻达到它的目的。岩羊们从雪豹身边走过，雪豹看中了一只肥硕的岩羊，一跃而出将它摁倒在地。岩羊们惊吓得四散而逃，雪地上留下了混乱的蹄印。很快，就有鲜血喷到了这些蹄印上，绽开成几朵醒目的红花。雪豹咬死了那只岩羊，拖着它向山顶走去。雪豹很节食，即使有再多的食物也只吃个半饱，总是要将食物留点儿以俟下顿。

整个冬天，它将如此重复捕杀岩羊，黄金季节的辉煌和幸福就这样被它们一点一点地享受着。

柔软的尊严

一只母雪豹到了分娩的时候了。母雪豹同样心性刚烈，在与一只公雪豹交媾后便独自离去，在寒冷的冬天寻找一个安静的地方孕育肚子里的小生命。因为身体强壮，它同样也可以做一些剧烈运动，直到分娩的阵痛到来时才会安静下来。它向四周张望，很快便找到一个安静的地方。它认为自己的孩子在冬天降生是一件很幸福的事，因为大雪是让一只雪豹接受生命洗礼的最好方式。很快，小生命降生了，一天天长大，在母亲身边跑来跑去。

豹像猫，在这一点上一只小雪豹也不例外，它长得非常像猫，以致人或其他动物往往把它误看成猫。误看的结局往往是惨烈的，当人或其他动物想戏弄这只"猫"时，它的母亲会从石头后面一跃而出，用尖利的牙齿狠狠地去咬被它认为是想伤害它爱子的人或其他动物。人或其他动物被吓得迅速跑开，其实雪豹是不会真的咬人或其他动物的，它只是采取了一种较为有效的恐吓办法而已。小雪豹躲到母亲身后，看着刚才把它吓了一大跳的人或其他动物，眼睛里有了一丝不解，它不明白人或动物为何逃跑得那么快。但它却从母亲的眼神里看到了作为雪豹的高贵和宽容，同时它也明白自己所在的物类的生命是十分强大的，没有什么可以轻易伤害自己。对小雪豹来说，一次险情变成了一次教育。

雪豹不会随便出击，除了与别的动物决斗和捕食外，它从不给别的生命制造死亡，也许它在内心懂得生命来到这个世界的不易，所以很多时候它只是呼啸几声把人或其他动物吓走而已。据见过雪豹的新疆牧民说，雪豹似乎对人情有独钟，只要人不伤害它，它从来都不伤人。人有时在雪山上即将与雪豹打照面时，雪豹会发出声音并远远地避开。有的人不知道雪豹的习性，见到一棵树上挂着半只岩羊，便要上前取下，这时雪豹躲在不远处的一块石头上，便大吼一声把人吓走。其实，人很难见到雪豹，就是隔着山望见了它的踪影，它马上便像有感应似的潜身而去。雪豹隐藏很好，几乎每时每刻都保持着高度的警惕，它们不光走动时不发出声响，连空气中也不留下呼吸的气味。食草动物们的嗅觉都很灵敏，但它们从来闻不到雪豹的气味，也从来不知道雪豹的行踪。雪豹对自己有一种近乎于残酷的要求。

　　但雪豹的性格中却有一种极为感人的柔软，它甚至在维护自己的尊严时也会显示出这种柔软。同样是一只母雪豹，但它却一胎产下四子，一下子成为一位多子的母亲。它的负担由此加重了，每天要让四个小生命吃饱肚子，就必须捕获足够的小动物。整个冬天，这只母雪豹十分忙碌，以致它不知不觉地瘦了很多。四只小雪豹慢慢地长大了，它们在母亲的带领下到处走动，学习捕获食物的本领。走到一个悬崖的半道上，它们与一群狼相遇了。狼发出急躁的嗥叫，像是随时要发起进攻。狼是凶残无比的，它们从不轻易放过可以进

攻的机会。但雪豹却显得很平静，它用一种示意着什么的目光看着狼，让狼变得有些不知所措。少顷，狼慢慢地明白了雪豹并不想与它们搏斗，其示意的目光是要它们让道。狼似乎被感动了，雪豹——这雪山上的勇士，并不是那么好惹的，它要是发怒的话，顷刻间就可以像闪电一样扑过来一口咬住自己的脖子，现在它能够如此晓之以理，动之以情，自己真的该知趣地让路。狼——让身子贴到悬崖一边，给雪豹们让开了路。一人四小五只雪豹从狼跟前缓缓走过，悬崖上只有它们的爪子踩出的轻微声响。

走过悬崖后，母雪豹回过头向狼低低地呼啸了一声。

绝境中的生命

夏天的雪豹是流浪者。太阳快要落山的时候，一只雪豹走进了牧场。西边还有些霞光，将草叶照得泛出了明亮的光。牧民们都已将牛羊收拢，有几户牧民的帐篷上空已升起炊烟，空气中掺杂着一股奶香和羊肉的香味。那只雪豹从山上走了下来，径直向牧民们走来。它长得很高大，通体泛白，被夕阳一照，便闪闪发光。

牧民们都很惊讶，一只雪豹怎么有这么大的胆子，敢向人走来？而它呢，似乎对这些人视而不见，一直将头扬得很高，迈着稳健的步伐走到了一条小河边。牧民们以为它要停住了，而它却一跃而起越过了小河，又继续向人们走去。慢慢地，人们便感觉到了这只雪豹的某种态度，它像一个勇敢走向战场的士兵，尽管知道前面有危险存在，但却毫不胆怯，要冲上去奋力一搏。牧民们感到这只雪豹在示威。他们今年赶着牛羊进入牧场前，牧场是雪豹、野鹿、野猪等动物的生存之地，人和牛羊进来后，喧闹的声音把它们赶走了。野鹿性情温柔，爬过几座山，越过几条河，就又找到了草场；野猪力气大，随便选一个地方用嘴拱开草地，就可以找到吃的；只有雪豹性情高傲，而且对饮食的要求极高，不找到好的草场不随便对付自己。牧民们想，这只雪豹可能去了很多地方，对那里的水草均不满意就又回来了。而现在，白花花的羊已撒满山坡和草地，高大壮实的牛更是分布于草场的角角落落，哪里还有它的立足之地？更重要的是，它是雪豹，而牛和羊是家畜，它们无法融到一起。但牧民们从它高扬的头和迈得很稳健的步伐上断定，它要"收复失地"。这样一想，人们便觉得如果它与牛羊发生冲突，少不了一场流血事件，到时候，死的不是它，就是牧民的牛羊。而目前的事实是，它只是一只孤独的雪豹，而牧区有成千上万只牛羊，要是一拥而上足以将它踩成肉泥。牧民们对牲畜有很深的感情，对山上的动物也厚爱有加，是不情愿让那样的事情发生的。

它越来越近，气氛变得紧张起来。有人想朝它喊一声，把它吓走，但还没等开口，它却站住了。它望着牛羊，眸子里闪着复杂的光。有一只羊朝它咩咩叫了几声，它也回应着，声音急躁而又不安。牧民们想，如果它果真冲向羊群的话，就必须在它刚流露出意图的时候把它拦住。牧民们之所以这样想，主要是出于两方面的考虑。一方面是怕它把羊群冲乱，使羊受到惊吓，不好再收拢；另一方面是因为他们出于对牲畜本能的一种怜爱——都是动物，何必互相伤害呢！他们不愿意看到牧场上出现死亡的事情。这样想着，人们便屏住呼吸等待着它冲向羊群的一刻，但它却并没有冲向羊群，只是静静地站在那儿望着羊群出神。牧民们想，它虽然是一只雪豹，但与羊都是畜生，说不定它们互相凝望就是一种交流或对话，它们的语言就是此时互相凝望的目光。过了一会儿，紧张的气氛慢慢变得轻松了，牧民们似乎也感到它们正处于一种冥冥的对话之中。这种气氛在阿尔泰会经常出现，牛羊、大树、风、河流等，时不时地都会给人带来奇妙的感觉。人的心思被这些东西吸引着，变得浪漫起来。这种时候，人便变得更快乐了，牧场便变得更美丽了。牧民们唱歌喝酒，大多都是在这种时候。

它望了一会儿牛羊，又望了一会儿牧民和帐篷，突然转身走了。它转身离去的动作像来时一样，稳健、坚决，而且似乎还夹杂着些许高傲。牧民们无言地望着它离去，牛羊也默不作声。一只雪豹只是这样走进了牧场，什么事情也没有发生。但一匹马却被它激怒了，刚才，它望了牛羊，也望了人和帐篷，唯独没有望这匹马。这是一匹还没有被骗的幼马，性烈气盛，忍受不了雪豹对自己的漠视，尤其是它离去时流露出的高傲。马长鸣一声，腾起四蹄向那只雪豹追去。牧民们大惊，但已经无法阻挡，只好看着它冲了过去。雪豹回头看了一眼马，也倏地撒开四肢跑了起来，它边跑边回头向后张望，似乎含有挑衅之意。马更愤怒了，加快速度向雪豹追去。牧民们都围了过来，刚才担心牧场上出现死亡，看来这会儿真的要发生了。它们跑到牧场边缘，雪豹一看马已经接近自己了，便飞速蹿入林子，向山岩上攀去。山岩奇形怪状，几近无路可走，但它却闪转腾挪，非常灵巧地在山岩上跳来跳去，不一会儿便爬上了山顶。马只好在林子边停住望山兴叹。马只能在平地上施展本事，在山岩上便寸步难行。很快，雪豹已在山顶没有了踪影，而马却仍在下面呆呆

地望着。也许，它在这时候才真正体会到了一些什么。少顷，它默默地转身而回。牧民们和牛羊都望着它，它低着头，像一个战败了的士兵。

这件事过去好几天后，又有一只鹿像那只雪豹一样走进了牧场。在短短的时间内，事情又像那天一样重复着上演了一次，那只鹿也是向牛羊和牧民望了一会儿后便又离去。结果那匹马又追了上去。那匹马也许是想借这头鹿雪洗前几天的屈辱，但它还是被鹿甩在了后面。那头鹿攀越山岩的速度比雪豹还快，从几个石头上飞跃过去，转眼就不见了。

牧民们都责怪那匹马，说它像村里不懂事的孩子一样。村子里对一个人有多大的本事有严格的衡量方法，比如你长到现在吃了几只羊，骑过什么马，翻过多少座山，这些都是有多大本事的标志。牧民们说，这匹马明年无论如何得骟了，不然，它老是干傻事。比如追鹿，一般情况下，马都不会干这样的事情，鹿的灵活没有哪种动物能比得上。在牧区，人们曾亲眼见过一头鹿将一只狼一蹄子踢死。还有一次，一群狼将一只鹿围住，准备合拢后将它咬死，但它却从狼群头顶如流星一般一跃而过，转眼就跑出了很远，狼群被惊得愣怔半天才有了反应。

过了几天，那只雪豹又走进了牧场。也许因为前面已经来过一次，加之又战胜了那匹马，它轻松自如地在牧场走动，毫无陌生感，就像羊群中的一只羊一样。那匹马也许已彻底服了它，对它消除了敌意。慢慢地，它和牛羊成了朋友，与那匹马更是显得亲近。它每天都从林子里出来，到牧场上散步，并不时地发出吼声，那匹马和牛羊一听到它的声音便遥相呼应，纷纷与它对吼，牧场上出现了非常热闹的嘶鸣声。牧民们看到牧场上出现如此热闹的景象，也颇为高兴，他们觉得，一只雪豹与一群牛羊融到了一起，是牧场上的一种新的生机。

后来，一帮猎人来到了牧场，他们听了那只雪豹的故事后对它动了心思，牧民们警告他们，如果谁敢动那只雪豹，我们跟他动刀子；谁让那只雪豹流血，我们就让他流血，那些猎人不吭声了。但牧民们却没有预料到他们会偷偷地下手。预料不到的事情，往往会导致可怕的后果。那天早晨，那只雪豹刚走到牧场中间，他们就把它围住了。它想钻入林子攀山岩离去，但那些人早已摸清了它的动机，派两个人死死地把守住了它的退路。无奈之下，它只有向另一个方向奔突，挡他的那个人没拦住它，它便冲出了包围圈。那些人在它后面穷追不舍，一直把它赶到了一个悬崖边。它站在悬崖边悲哀地吼叫着，牧场上的牛羊和那匹马都听见了，应和着发出躁动不安的叫声。那些人逼近，用枪瞄准了它，它停止怒吼，纵身跳入崖中……

我到牧场的时候，这件事已经过去好多天了。牧民们时不时地仍要提起那只雪豹，牧场上的牛羊吃着草，不时地扭头向悬崖那边张望。那帮猎人早已经跑了，牧民们要找他们算账，他们怕流血、怕死，他们没有一只雪豹跳入悬崖的勇气。

一天，我走到了那个悬崖边，悬崖深不见底，黑乎乎的，似有什么鬼魅在游动。正要离去，却见对面的崖壁上有几朵花，红艳艳地开着。崖壁陡峭，不长一树一木，但这几朵花却选择绝壁而生，而且开出了鲜红的花朵。想着一只雪豹就是从这儿跳下去的，心便沉了，它跳下去的那一刻，是不是看到了这几朵花？

电视中的一只豹子

一部有关豹子的专题片把豹子从视觉上向我们拉近，弥补了我们见不到豹子的遗憾。那个片子很美，把那只豹子从出生到老死全拍了下来，拍摄地是一个半沙漠半丘陵的地方，而且唯一的一条河流中还有淤泥。但就是这样的一个地方，却为这只豹子上演生命悲喜剧提供了一个机会。那只豹子出生以后吃尽了苦头，有几次差点活不成，但我注意到，在它很小的时候，目光里就有一种坚忍。战胜了命运的困难后，它仍然不能平静，经常沿着河边的树林疾行，似乎灾难像毒瘤一样还没有散尽，它要彻底躲开灾难；又似乎它体内愤怒的火焰一经燃烧，就再也不会熄灭，它不能抑制自己，必须快速疾行。

我觉得只有在面临灾难的时候，它才会显露出性格的另一面——抗争。这种抗争是在愤怒和坚强的驱使下产生的，而在平时，它似乎意识到灾难时时都会降临，所以，总是保持着警惕。片子中拍了那只豹子许多闲暇时的镜头，从表面上看，它似乎无事可干，只是在随便走动。但我注意到，不论何时何地，它总是喜欢在高处行走，我不知道它这样做是不是在随时保持着出击的优势地理位置，或者说是它内心高贵品质的本能反应。树林的影子在它身上移动，有时候它的影子又映在河水中，一切都显得很和谐。这时候我注意到豹纹，那些豹纹的形状似乎代表着神的一个永恒秘密，不可让人解读。我想起博尔赫斯在一篇小说中曾写道："我想象着时间的第一个早晨，想象着我的神把他的信息委化于豹子生动的皮毛上……"博尔赫斯因失明而打开了内心，他的作品中出现的最多的一个词就是神。博尔赫斯是特殊的作家，所以，他的思想和作品可看不可学。但我觉得他对豹子的皮毛的生动想象，是合乎大众心理的。因为在后来的片子中，那只豹子在远处出现时，我仅从它的形体上无法判断出它是一只豹子，但那些耀眼的豹纹却给我传递了一个准确的信号。那个片子是分集的，我一集又一集地看着。那只豹子每天早上的出行和每一次捕猎食物，都牵动着我的心。

片子播到第二集的时候，在那只豹子面前出现了一只生病的山羊，我本以为，这只是摄像师在摇镜头时，随便选中的一个篇幅，不料整部片子从这里开始叙述一个极其生动的故事。那只山羊已经病得很重了，趴在沙地上，诚惶诚恐地向四周张望，它也许跋涉至此已再无力气，而四周的动物，尤其是那只豹子让它为自己的处境害怕。它不敢吃那些长在嘴边的草，甚至动都不敢动一下。这时候，摄像师把镜头对准了那只豹子，从它的眼神中可以发现，它想吃那只山羊。事实上，在山羊周围的所有动物中，只有豹子是最强大的，所以，想必谁也不会与它争抢那只山羊。但豹子却做出了让我意想不到的事情，它咆哮着，赶走了其他动物，只有自己留了下来。接下来的数日，它不再走近山羊，山羊终于吃上了草，而且得到了很好的休息，很快就能从一个地方走到另一个地方，去吃更嫩绿的草。就这样一天天过去，山羊恢复了体力，它把头高高地扬起，兴奋地对着天空发出咩咩声。就在它吃完那里的草准备离开时，那只豹子大叫一声，从树林里出现了。山羊被惊吓得浑身发抖，它似乎明白，这么多天来原来豹子并未离去，而是一直在森林里等待着自己恢复身体后，才要吃掉自己。看到这个镜头时，我想起豹子是从不把弱者作为捕食对象的，它总是要用数倍的艰难去征服那些强者。豹子的这种行为表明了它在满足肉体食欲之前，必须要满足精神食欲，接下来的事态发展，恰好证明了这一点。那只豹子走到山羊跟前，却并不扑上去，只是用一种威严的目光望着山羊。山羊浑身战栗，过了一会儿，山羊愤怒地大叫一声，扬起尖利的角向豹子刺去。豹子似乎就等待着这一时刻，它一跃而起，用两只前爪按倒山羊，一口咬住了它的喉部。一股鲜血喷出，山羊不再动了。

豹子开始吃山羊时，天慢慢黑了。拍摄那个片子的摄像师是个高手，他把镜头从豹子身上移开，落在了月亮上。等到月亮完全升起，变得又圆又大时，他才将镜头摇到豹子身上。此时的豹子吃着羊，一副沉浸于幸福的样子。

下山的高原之王

　　我还在继续收看那个关于豹子的纪录片。电视中，一群人正屏声凝息地等待着一只雪豹走近，这里是西藏阿里的昆仑山。他们已苦苦寻找了雪豹很久，高山反应已经使他们开始打退堂鼓了，但一只雪豹却慢慢进入了他们的视野。这群人隐藏得很好，以致连警惕性极高的雪豹都没有发现危险已经来临。噗的一声，麻醉枪射出一弹，中弹的雪豹不一会儿便昏倒在地。他们用绳子缚住雪豹的四肢，把它抬进了大卡车上的一个笼子里，雪豹醒来后不知道发生了什么，睁着茫然的眼睛向四处张望。大卡车很快就动了，人们要把这只雪豹运到昆仑山下的城市里去。

　　无法想象一只雪豹被运下昆仑山后会变成什么样子。看着它被关在铁笼子里可怜的情景，我的心忽然沉了——雪豹——雪山上的勇士，动物群中战无不胜的征服者，在人面前，或者说被人类发明的铁笼子轻而易举地征服了。谁愿意一只雪豹被征服呢？在很多时候，它其实是我们的某种精神寄托。我们虽然见不到雪豹，但我们对它的想象却是必不可少的，它丰富着我们的想象时，其实也在激励着我们的心灵。

　　雪豹在高原是力量之王，是美的化身，它的生命里一直充满着搏击和拼斗。可以说，在更多的时候它就是自己的敌人，它必须得不停地打败困难中那个恐惧的自己，才能保持高贵的信念。但不知为什么，它被关进了那个笼子。那个铁笼和那辆运它下山的汽车都成为它命运中的黑布，此时正在与罪恶编织成一个残忍的口袋，将一只雪豹装了进去。它将被运到一个公园里去供人们欣赏，或者在商人的利益场上变成一枚棋子，被挪来挪去，为人赢取利润。

大卡车在中途停了一次，雪豹再次打量铁笼外的世界。显然，海拔已明显降低，这些地方很陌生，它以前从来都没有来过。至此它的内心才有了一丝恐惧，它似乎隐隐约约意识到了自己的命运变化，但铁笼子牢固无比，它无力将铁笼子冲破。它趴在笼子里一动不动，身躯似乎一下子变小了。它的面孔不再斑斓，眼睛里已经没有阳光和火苗，而且闭上了惯于发出咆哮的嘴巴。一只雪豹的内心被残酷的现实粉碎了，雪山和峡谷从它眼前闪过，变成模糊的一团。

海拔越来越低，空气也越来越好，再过几个小时，这只雪豹就要被运到城市中了。一路上，雪豹总忍不住回头盲目地朝身后看上几眼。这只有着至高梦想的雪豹，不能在实现梦想的场所奔突，却被一辆汽车运下昆仑山，它显得那么软弱无力。到了城市中，这只雪豹马上引起了人们莫大的兴趣，长久地被围观着。它极不适应这样的地方，紧紧地闭上了眼睛。从不走下高原、从不与人群接触的雪豹，在人们指指点点、评头论足的声音中，觉得被暴露是一种耻辱，它的身子似乎缩得更小了。高贵的雪豹变得卑微了。

"土匪"狒狒

[俄]玛·罗吉安诺娃

这只狒狒的名字叫"土匪"，它是一只狮尾狒，有一捧非常蓬松的银灰色鬃毛。它的脸很凸，向前伸出，像狗的脸一样，一双小眼睛深嵌在凸起的眉骨底下，牙齿又大又尖，脾气坏透了。也许正是因为这个缘故，人们给它取了这么一个令人遗憾的名字。

　　我知道，绝不可以走到这只狮尾狒的笼子跟前去，它会出其不意地迅速从铁栏杆间伸出细而有力的前肢，想抓住靠近的人。

　　"这只狮尾狒凶恶极了。"动物园的工作人员一提到它时就这样说。

　　我常到动物园去。有一次，我顺便走进猴园，在笼子前面站住了。狮尾狒背靠着墙，忧郁地坐在那儿，眼睛凝视着一个点。我的心颤动了一下，忽然想到，不论谁，一个人待着的时候是多么难受。

　　"'土匪'！"我叫道。

　　它跳起身子，银灰色的鬃毛竖了起来，牙也龇了出来。

　　"你干吗这么凶呀？"

　　"土匪"抓往铁栏杆，气得尖叫着，狂怒地摇着铁栏杆。假如它能从笼子里出来，我可要倒大霉了！

我赶紧离开了那里。夜里，我做了一个梦，梦见狒狒的那双悲伤的眼睛。我醒来时，心里充满了对"土匪"的强烈怜悯与同情。我想象，现在它准是在度过它的不眠之夜，靠墙坐在那儿，闷闷不乐地凝视着黑暗。我很想和它交个朋友，让它不再这样孤独，让它夜里能安心睡觉，深信明天会有朋友来看它。

每天下班后，我都顺便到动物园去半个钟头，久久地站在"土匪"的笼子前。

起初，它一看见我就气得发疯。可能最叫它生气的事，是我毫不理会它的愤怒表现，固执地一次又一次地出现。

一天一天过去了，"土匪"渐渐安静了下来，不过，它装出根本没看见我的样子。

有一回，我一连一个星期抽不出时间去看"土匪"，当我重新到动物园去看这只狒狒的时候，它的行为使我感动得差一点流出眼泪。

隔得老远，它一看见我，便挺直全身站了起来，趴到笼子栏杆上，说实在的，它的眼神好像在责备我："你怎么这么多天没有来？"

当我走到笼前时，"土匪"突然把身子朝我探了过来，但是它的小脸儿，已不像平时那样凶恶了。它的小脸上露出的是戒备的表情，同时还有一种从未有过的善意。

我决定把手伸给它，"土匪"紧抓住我的手，拉到它怀里，忽然张嘴咬住我的手。刹那间，我害怕极了，但是不能让它看出我在害怕。必须让它看到，我很信任它，一点也不害怕才行。

"'土匪'！"我拼命保持镇静的语调说，"'土匪'！你怎么好意思这样？我疼呀！"

狒狒把牙关放松了一点，但可以感觉出，它仍在保持警惕。

"哎呀！你这样太不好了！"我继续用温柔的语调责备它，"我一直相信，你是一只善良的狒狒。我好好地对待你，你却……"

"土匪"若无其事地放开了我的手，开始一本正经、聚精会神地在我手上找什么东西。后来，它找到了一条结了疤的小伤痕，就用它那尖利的指甲敏捷地把疤剥掉了，然后看看我，意思是说："一点也不疼吧？"

"土匪"在我这只手上再也找不到什么有意思的东西了，便又察看我的另一只手。我的手表使它大感兴趣，它仔细研究了一番后，出乎我意料地向我伸出了它的极像人手的前爪，掌心朝上。它向我要什么？要手表吗？还是因为它彬彬有礼地接待了我，要我请它吃点好吃的东西？

至今我还没有请它吃过好吃的东西，动物园也不允许游客们随便喂动物。但是因为我在争取与"土匪"交上朋友，而且眼看就要成功了，所以我得到了动物园的许可。我带了一块纸包糖来，现在急忙从衣服口袋里掏出，放在狒狒的手心上。

"土匪"用另一只手把我拉得离它近一些，深信我不走开后，才开始剥糖纸。它毫不为难地做完了这件事，将糖果塞进嘴里。然后，它竟掏起我的口袋来，使它感到万分惊讶的是口袋里什么也没有，于是它开始品尝那块糖。原来"凶神恶煞"的狮尾狒跟其他猿猴一样爱吃甜食。

从那一天起，我们交上了朋友。

每次我去看望"土匪"的时候，它都欢蹦乱跳、大声叫唤着，表现它的快乐。它拥抱我，仔细察看我的两只手，仿佛想检查一下，今天我洗手了没有。它确信我的两只手都很干净后，开始认真地掏我的衣服口袋。如果衣服口袋是空的，它也不生气，而是把背对着我，让我给它挠背。

这种无私的友谊使我很高兴，所以我时常把"土匪"的事讲给我的朋友们听。我的一位女友和我一同到动物园去了，专门为了要认识"土匪"。可遗憾的是，她未能与我同享对"土匪"的好感。

"这家伙太讨厌了！"她说。

她的话，我完全不能理解。这么亲切可爱的一只狒狒，她怎能不喜欢呢？它像往常一样完成了我们会面时的一切礼节。

"行了，咱们走吧！"我的女伴叫我。

这时，"土匪"正转过身去，让我挠它的腰，它舒服得仰起小脸儿，半闭上眼睛。好像这会儿它什么也瞧不见，什么也听不见了。我的女友拍拍我的肩膀，说："走吧！"

马上，这只狒狒仿佛被一根强有力的弹簧弹了起来似的，跳到半空里。它的鬃毛一直竖起到头顶上，从两只眼睛里射出了愤怒的凶光，吓得我想起了以前我怕"土匪"的那个时候，不由得从笼旁后退了几步。

它暴跳如雷地尖声怪叫着，使劲摇晃铁栏杆。

我隔得老远劝它，想叫它安静下来："'土匪'，我的好狒狒，你怎么啦？"

它接着闹脾气，那怒火显然是冲我的女伴发出的。为了驯服这只狒狒，我冒险向笼子跟前走去。"土匪"立即用一只手把我拉到它身旁，另一只手在继续吓唬我的女友。

这时我才明白，原来"土匪"在保护我。它不能忍受有谁来欺负它的朋友。

我决定检验一下我对"土匪"的行为的评价是否正确。也许我们的友谊算不了什么重要的事情，因此任何一个急剧的手势都能激怒它？

我冒着失去得来不易的友谊的危险，做出假装在揍我的女友的样子。这时发生了什么事情啊！"土匪"竟快活得忘乎所以，由于感情过于流露，竟和我拥抱起来，它闪电般顺着笼子的墙壁飞跑起来，用爪子以难以觉察的动作迅速地推墙。

我要求女友离开那里，我的女友求之不得，非常满意地走了。

"土匪"看见欺负我的人走了，高兴极了，又像平时那样，把我的一只手拉到笼子里，仔细研究起来。它满脸担心的样子，就仿佛想在我手上找到我的女友给我弄出的伤口似的……

由于某些原因，我不得不离开那个地方，一去就是漫长的六年。后来，我又回去了。我当然立刻到动物园去看望"土匪"。动物园的人告诉我，"土匪"因为太老，眼睛瞎了。

我去时，赶上猴园正在装修，猴园里的居民都被临时关在一所小房子里了，一般游客是不许进这所小房子的。

但是当我要求与"土匪"见见面时，我被获准了。

这里换了一个新的猴子饲养员，她不认识我。当我朝着"土匪"的小笼子走过去时，这个新换的饲养员警告我说："您可小心一点，它凶恶极了！"

"您不了解它。"我回答。

听见我的话声后，狒狒就向笼子的铁栏杆扑了过来。女饲养员下意识地一把抓住我的胳膊，准备救我。"土匪"什么也看不见,两眼茫然望着天花板，把两只前爪从铁栏杆间伸了出来。

"小心！"女饲养员又喊了一声。

但是我已什么话也顾不上听了，只看见这双跟以前一样信任地朝我伸过来的爪子。跟从前一样，"土匪"将我的一只手拽进笼子里去，摸索着在我的手上找着什么。

它又老又瞎，但是离别了这么多年以后，尽管它瞧不见我，光听我的声音就认出了我来。

我的眼泪像泉水一样顺着脸颊往下流，这并没有使我感到不好意思。这是感激的眼泪，因为"土匪"记住了我们的友谊，因为它对我们的旧情忠贞不渝。

（王　汶译）

野狼谷

王凤麟

在我国东北角的三江平原上，有一个小得不能再小了的村庄，名叫瓦其卡。

瓦其卡村向东是一片渺渺茫茫的荒原雪野，再向东，荒野雪原的尽头，是一片莽莽苍苍的原始森林。野狼谷就掩隐在这片莽莽苍苍的原始森林之中。

野狼谷，狼的世界。

狼的世界是恐怖和残忍的世界。

在这个狼的世界里，不仅误入谷地的鹿群和黄羊群会永远消失，诡黠的狐狸、猞猁和獾子也会被肢解分尸，即使惯称山中之王的东北虎、有恃无恐的棕熊以及肆无忌惮的野猪进来后，也会死无葬身之地。夏季，在谷地和谷地周围弥漫着的骨肉糜烂的腐臭气味中，低低盘旋着成团成团的墨绿色的苍蝇，羽翼扑动时发出的声响就像老妪那种哀痛的哭声。冬天，洁白的雪地上遍布着斑斑血迹和没被啃净筋肉的骨骸，血与融雪冻成的冰块，经过时间的洗刷，由鲜红变成了黑紫。

哦，白骨骷髅铺就的死神之谷，荒野密林中的"白虎节堂"！

第一百只狼

　　贝蒂是在冬日一个风雪弥漫的阴霾天气里闯进野狼谷的，不，确切一点说应该是在一位猎人的追逐下逃到这里来的。

　　那天，当它准备穿过乌苏里江，以最快的速度远离这块生活了许久的土地时，当它已经望得见不远处神秘的原始森林、就要穿过那片无遮无掩的雪原时，被一位猎人发现了。说不清是它高大健美身躯的诱惑力，还是长时间碰不到猎物而突然发现目标后的狂喜使然，猎人对它一直紧追不舍。有几次，被它蹿跳时重重的脚步声惊起的狍子群和野鸡群几乎就在猎人的枪口前掠过，但它却没有听到猎人射杀它们时的沉闷枪声，而这些猎物对一般猎人来说，应该是有着极大吸引力的。它不懂，这位古怪的猎人为何单单对它那么感兴趣。但它却知道，任何一种猎物假若被这样的猎人发现，那就意味着死亡即将临头。

　　然而，它在漫长的生与死的搏斗中曾一次次逃避了猛兽的袭击和猎人的捕杀，犹如往常一样，这一次它又安然无恙地脱险了。

　　正当贝蒂暗暗庆幸又一次死里逃生，自以为终于远离瓦其卡一带，因就要有一个安逸去处而沾沾自喜时，从密密的榛丛中突然跳出一只干瘦矮小的狼，横在面前，挡住了它前行的道路。贝蒂惊诧片刻后，摇着尾巴友善地向同类凑了过去。可是对方却后退两步，摆出了一副格斗的架势，嘴里同时发出一阵呜呜的怪叫。立刻，杂草丛中稀里哗啦一阵乱响，贝蒂眼前转瞬间出现了一个庞大的狼群。

贝蒂有生以来还从未见过这么多伙居在一起的狼。

但贝蒂丝毫没有孤身陷入重围的那种恐惧感，反而泰然地屈起两条后腿原地坐了下来。因为它很快就发现，这是雪原上常见的那种西伯利亚种系矮小的狼。这个种系的成员就像海战中的鱼雷快艇，常常能出其不意地击败其他兽类。

果然，它们开始时那种充满敌意的目光渐渐和缓下来，有几只站在后面的狼干脆坐了下来，远远地、与己无关似的观察着动静。这时，狼群中那只毛色最为光亮，体魄也最大的狼悻悻地走近贝蒂，边用油黑油黑的鼻子嗅它，边围着它转了一圈，接着还用尖尖的长胡须上挂满白霜的嘴巴拱了拱贝蒂的肩膀。

它叫达力，是这个狼系家族的最高统治者。

达力的友好表示使贝蒂不好意思了，它马上支起后腿站了起来。它觉得在同类面前不该流露出半点傲慢，否则，那样就会损害对方的自尊，使对方怀疑自己存在的价值。而坚信和肯定自己的价值无论对于人还是兽都同等重要，这是一个生命在世界上存在的支撑点。

贝蒂在野狼谷留了下来。

从此，这里又多了一只狼，一只不同于其他狼的狼……

也是在这一天，老猎人也进了野狼谷。

他是被那只狼吸引到这里来的。

如此体格高大的狼，他有生以来还是第一次见到。

这只狼也是他狩猎以来从他枪口下溜掉的第一只狼。他不能让它就这样轻而易举地逃命，他要杀掉它。这不仅因为他是远近闻名的最出色的老猎手，从他手下跑掉猎物会叫人耻笑，更重要的是他同狼有着不共戴天的仇恨。

这不是一般的仇，是伤母断指之仇。

那年他才十四岁。一天，妈妈领他去挖野菜，以便度过干旱造成的饥荒，结果他在野地里被一只饥饿到了极点的老狼咬掉了右手的食指，妈妈在救他时也负了重伤。

从此他落下了一个遭人戏谑和象征着耻辱的外号——"狼叼儿"。

于是，他走上了猎人的道路。

母亲对此很是不安。若干年后，在他已经成为一名年轻而小有名气的猎手时，母亲在就要离开人世前的弥留之际，还在断断续续地对他说："再不要打狼了，你已经杀死了十七只。不到万不得已，狼也是不伤人的……"

母亲有颗菩萨心，他对母亲也是尽忠尽孝的，因为他从小就没有见过父亲。但在这件事上，他还是违背了老人家的意愿。如今，在他枪口下毙命的狼已有九十九只了，而他发誓要杀掉的第一百只，竟在他的视野里消失，安然逃命了。

猎物已经进入视野，竟未被装进身后披挂的背囊，意味着这人肯定不是一位出色的猎手。

老猎人倔强而自负的自尊心是经过了无数次生与死的严峻考验的，他不允许自己一生的狩猎记分牌上出现任何失败

的记录。当落日的余晖给雪原洒下一片橘红时，他步入了那片莽莽苍苍的原始森林。

他还是第一次走进这片原始森林。这里真是美极了，一棵棵挣破了枣红色老皮的古松拔地而起，树顶深绿色的松针托举着一团团洁白的雪，那雪就像一朵朵固体的白云，那固体的云朵仿佛稍受一点震动就会洒落下来。绝崖兀立，怪柏参天，杂草横生的雪地上深陷着一行行一片片禽兽践踏的足迹，证明这里虽无人烟却充满着勃勃生机。

这是大自然古穆、素洁和带有几分野性的美。

正当老猎人被周围的景物所陶醉时，草丛深处突然一阵哗哗作响，他本能地疾速拿出猎枪。仔细看去，是一只毛尖呈暗红色的火狐。狐狸并不惊慌，颠颠地小跑到仅离他不到二十米远的一株紫椴树下望着他，随后竟旁若无人地坐在了雪地上。猎人右手的中指就扣在扳机上，但他却松开手指，俯身抓起一块雪团掷了过去，狐狸惊惧地跑掉了。

他并非像某些迷信的猎人那样因怕犯忌而未对它开枪，是他脑海里闪出了一件记忆深刻的往事。

不久前，那位年轻的鄂伦春猎手安嘎套住了一只狐狸，要为自己换掉已经戴了二十多年、皮板已经磨光了的水獭皮帽子。按鄂伦春人的习俗，要用烧红的金属棍插进活着的狐狸的肛门，趁狐狸受剧痛刺激全身痉挛毛根竖起时立即剥皮。这样做成的帽子，皮毛是直立的，既遮挡风寒又不妨碍听觉。那天，当安嘎把挣扎着的狐狸固定在特制的木架上，又把烧得透明的金属棍插进狐狸的肛门时，那只被捆得连张一下嘴巴的可能都不存在的动物，从喉咙深处发出了一声尖厉的长长的哀叫，眼里射出一种由痛苦到哀怜、又由哀怜到绝望的目光。就是这目光，强烈地刺痛了老猎人的瞳孔，迫使他立刻闭紧了双眼……

猎人有一颗冷酷无情的心是天经地义的，自从世界上出现猎人那一天起就是这样的，因为他们总是挣扎在生死边缘的分水岭上。这座分水岭上没有同情和爱怜，没有仁慈和友善，有的只是非生即死这条严峻的自然法则。但冷酷和残忍达到极限时，人也会像负载过重的钢筋一样扭曲变形。

此后，老猎人每见到狐狸，耳畔马上就会响起那声哀鸣，眼前就会再现出那种绝望的目光。

至今，他仍戴着那顶磨光了皮板的水獭皮帽子。

猎人又踏着没膝深的积雪，拨开零乱的荆棘，沿着那行他跟踪已久的足迹继续前进了。

他万万没有料到竟误进了野狼谷。这是凭着敏锐的听觉认定的。当透过浓密的森林传来纷杂的厮打声和那只狐狸绝命时的哀叫声时，他马上意识到前面不是一只两只，也不是三只五只狼，而是一个庞大得骇人的狼群。

只有野狼谷才会有这么多的狼！

他万万没有想到会在毫无准备的情况下误入这死神之谷，老猎人觉得毛细血管都在疾速扩张。不等他定下神来，一只浑身沾满雪粒、气喘吁吁的狼已出现在面前，用狡黠贪婪的目光死死盯住了他。这只狼显然在刚才扼杀狐狸的搏斗中出了力而没能争得星点分食，因此目光才显得更加凶狠，令人望而生畏。

要在平时早就枪响物毙了，但此刻老猎人明白那样做会造成怎样不可收拾的局面，他也非常明白此刻该怎样去做。

老猎人反倒镇定下来了，他持枪迎着虎视眈眈的狼一步一步地逼了过去。

他估计错了。不，应该说他以往的经验不灵了。那只狼不仅没有默默无声地慢慢后退，反而龇了龇锋利的尖牙，吐出长长的血红色的舌头，大模大样地蹲坐在了厚厚的雪地上。猎人马上意识到，眼下的险境不知要比原先预料的严重多少倍。他仿佛看到了周围榛丛中一双双充满杀机的凶残目光。他突然感到，在茫茫的大自然中，一个人的生命力并不比一只幼小的昆虫强大多少。

但这种伤感的情绪波流刚刚在他心头掠过，立即就被作为一个生命所固有的求生本能和每个猎人都具备的那种临危不惧的气质淹没了。

那只没被吓跑的狼抬起前腿直立起来，在狂妄地向老猎人示威。他离狼约十米远时站定了，抢枪上肩的同时纵身一跃，攀上了近旁一棵碗口粗的柞树。几乎是同一时刻，他穿着兽皮乌拉的脚被狼叼住了。这只狼刚才就潜伏在离他不到两米的榛丛里。立刻，隐藏在附近的足有百十只的狼，嗷嗷怪叫着，高高蹿跳着，卷起的雪雾像旋风般猛袭过来。

恐怖的罗网被迅速拉紧了。

多次与死神打交道的人非常熟悉死神的召唤。

老猎人突然产生了一种奇特的意念：要在狼群把他嚼成粉

末之前，再最后看一眼这些恨不能一下就斩尽杀绝的对手们。

宇宙总是用独特的方式显示自己的奥秘，正当老猎人抱着树干低头往下望时，一只高大的呈青灰色须毛的狼已经凌空跃起，转瞬间獠牙暴露的血口已迫近他的喉咙。然而奇迹也就在这不到万分之一秒的瞬间发生了。老猎人只见眼前闪过一条快得不能再快了的白色弧线，随即噗的一声闷响，刚才冲向自己的那只狼和一只比它更为高大的狼同时重重地摔倒在了厚厚的雪地上。接着，那只更大一些的狼近乎于疯狂地在狼群中左冲右突起来，它时而用宽阔的胸脯把这只狼压倒，时而又用有力的肩膀把另一只狼撞翻。很快，猎人四周被它弄出一块七八米方圆的空地。

老猎人被惊得目瞪口呆！他虽有清醒明晰的猎人的大脑，此刻却弄不明白这究竟是怎么回事。

远处传来几声猫头鹰怪异的啼泣，无边的夜幕严严地覆盖了广袤的雪原和森林，给世界披上了一层更加凝重、幽暗和充满奥秘的厚纱。

一只原本是狗的狼

由于野性，这片土地从未获得泪水的滋润，因此永远也萌发不出柔情的种子。而有异性存在就必然会有原始冲动这条铁的定律，使得贝蒂的命运之舟加大了被颠覆的危险。

它做梦也不会想到达力会向自己求爱。

然而达力确确实实是向它求爱了，快得简直令它猝不及防。

那天，进入野狼谷的第一天，由于对猎人的袭击未能成功，由于饥饿了一天的狼群未能得到充裕的食物补充，大家的情绪都沮丧到了极点。在一只老得浑身须毛已经卷曲了的母狼的提示下，垂头丧气的狼们恍然大悟：若不是贝蒂腾到空中那猛烈的一击，它们的头领肯定会切断猎人的喉管。于是，已经缓和了的气氛又一下子紧张起来。

贝蒂也有些惊慌。它分明看清了近旁那只卷毛母狼眼里的凶光，也听到了对方肌肉在皮毛下滚动纠结时发出的咯咯声响。

此刻任何表白都是无济于事的，况且它怎能说清袭击达力、阻止它们杀害猎人那一举动的因由呢？

山谷里起风了，林木和草丛都在飒飒作响。贝蒂也迎风翕动着鼻翼，耸起了钢丝刷子般的须毛，同时蜷起两条后腿，准备迎接一场恶战。

卷毛老母狼没有发出任何警告，闪电般地一扑，牙齿发出了一声敲击金属般的脆响，随即又猛然跳出圈外。这是西伯利亚狼种惯用的作战方法，进攻一下又迅速跳开。这一点贝蒂是知道的，但它仍未来得及躲闪，臀部就已被撕开了一个大口子。剧痛使贝蒂狂怒了，蜷起的后腿用力一蹬就腾空而起，还不等老母狼回转身来，贝蒂那足有八十斤重的巨体就已把它扑倒在地。

老母狼连哼都没来得及哼一声，五脏六腑就噗的一下溅在了洁白的雪地上。

狼群一下子被震慑住了。

贝蒂也一时不知所措了。

它本想恰到好处地惩罚一下这只母狼，不料它竟如此不堪一击。贝蒂悲伤而负疚地垂下头，用粗大的嘴巴拱着老母狼，试图把它再扶起来，然而它的尸体已软得像烂泥一样。

狼群被激怒了。

被激怒了的狼会以凶残暴戾的本性毁灭它要毁灭的一切。

当贝蒂还在低头拱动卷毛母狼时，已有七八只狼从不同角度扑了上来。它臀部的裂口被撕得更大了，已经露出白生生的骨头，脖颈也被尖利的牙齿划破了。贝蒂只是一味躲闪，丝毫也不还击，它在心甘情愿地接受着惩罚。它想用皮肉之苦来抵偿扼杀同类的罪恶。

但是，慈悲在狼群中历来就不存在，它总被误解成为恐惧。

恐惧就会导致一个生命的完结。

贝蒂终于招架不住，被群狼扑倒了。此刻倒下来就等于死亡，但正当贝蒂挺直着柔软的脖颈，准备接受那最后的撕咬时，狼群却突然散开了。

是达力解救了它。

这场恶斗就是达力唆使它的妻子——那只卷毛母狼挑起来的。

达力早就对老母狼厌腻透了，它不仅不能使它的兽欲得到满足，当它与别的母狼要好时，这个又老又丑的家伙还时时盯梢，处处干涉。达力刚一接触贝蒂就一见钟情了，那魁梧的体态、闪亮的皮毛以及富有弹性的肌肉，简直使它神魂颠倒。尤其辨不清它是哪个狼系的那种神秘感，更增强了它的占有欲。于是，它精心策划并导演了这幕一箭双雕的闹剧——杀死丑陋的老母狼，占有漂亮的贝蒂。

第一幕已如愿以偿，下一幕紧接着开场。

达力以头狼的威严驱散了狼群之后，自己留下来颠颠儿地小跑到贝蒂跟前，先是吃力地用嘴巴将重伤的贝蒂扶了起来，然后半推半扶地领着它走进了山谷深处。

山洞里，达力先给窝铺加了些柔软的乌拉草，让贝蒂在上面平躺下来，然后就不时地像母猫舔小猫那样舔着它的伤口。重伤的贝蒂已无力拒绝达力的百般殷勤，朦朦胧胧中，它内心竟漾起一股被爱抚时所特有的舒适感。

贝蒂已很久很久没受到过任何爱抚了，这爱抚又唤醒了它沉寂在脑海最底层的记忆……

贝蒂原本不是狼。

贝蒂原本是一条勇猛而温顺的猎狗，一条曾经一度以狼为敌的猎狗。

主人是一位用中指开枪的猎手。它跟随主人的几年间曾同他一起杀死过五十九只狼，这是贝蒂一只只数过的。那时，它同猎人整日翻山越岭，周旋于荒野密林之间，它喜欢主人争强好胜的冒险精神和对它的关怀体贴。正是主人对它的关怀体贴，使他们结下了难解之缘。而主人的冒险精神，却使他俩分道扬镳。

那是一个冬日的傍晚，天空聚拢着橙红色的暴风雪降临前的云块，疲乏无力的夕阳带着像炉火将要熄灭时的红光向远山坠去。它和猎人分两翼包抄了一头黑熊蹲仓的那棵被雷电击断了树冠的古松。按惯例，它先跑到树前狂吠起来，用力甩尾敲打着树桩。黑熊从树洞口露出前胸时，枪响了，黑熊一头从树洞口栽倒下来，但它重重摔在地面后马上又挣扎着爬了起来。显然，枪弹没能击中要害。每值此时，贝蒂的任务是立即扑上去，缠住猎物，给主人以再次装弹的时机。然而，当它就要扑向黑熊时，树洞口突然发出一声轻轻的响声，它禁不住向上望了一眼，只见洞口钻出了一只毛茸茸的小熊崽。

它迟疑了一下，就是这瞬间的犹豫，才铸成了终生的痛悔。当它再向黑熊扑去时，猎人锋利的猎刀已从黑熊的胸膛

里拔了出来。

世间有多少悔恨和过失都发生在短短的一瞬啊!

当时,猎人揩了揩溅在身上的熊血,慢慢捡起被熊打掉了的猎枪,慢慢压上了一颗黄色铜壳的子弹,又慢慢地举枪对准了它。

乌黑的枪口和猎人的眼睛同时喷射着恐怖和死亡的信息!世界上什么都不存在了,空旷无声的原野上只有他和它。时间仿佛都凝滞了,它没有动,在默默等待着死神的拥抱!但猎人右手的中指却始终没有扣动扳机。

当猎人转身走出三四百米时,当他的身影就要消逝在雪原尽头时,它飞跑着追了上去。它简直要发狂了,身子已经拉成了一条直线,肚皮几乎贴到了雪面。猎人站住了,它也停下来;猎人再走,它又跟上去。就这样循环往复了七八次后,猎人突然站定了,向它凝视许久才招了招手。它战战兢兢地挪到猎人身边。还不待它作任何反应,猎人已猛然揪住了它的一只耳朵,只听嚓的一声,半个耳朵就被猎刀割落在雪地上。

这是人间惩罚骗子和贼时常用的手段,是人们希望自己永远不再与这种人见面的表白,也是让所有人都对其警惕所做的标记。

这一点贝蒂是明白的,它简直绝望得要发疯了。它多么希望主人能痛打它一顿,哪怕打断一条腿,然后再带上它回到雪地里那三角形的窝棚里去啊!然而,此刻它却同狼依偎在一起了。

它现在也成了一只狼！成了一只曾对狼恨之入骨的狼！

那夜，那个既不见星星，也没有月光的夜，当猎人的身影渐渐融进茫茫夜海，当它一口吃掉了自己那半只血淋淋的耳朵，又在主人露营的窝棚旁陪伴护卫了一夜之后，它朝着西天孤零零的启明星发出一声长嚎，从此便投入了荒野的怀抱……

黑暗中，达力又拱着它翻了个身。翻身时杂草触到了伤口，贝蒂不禁痛苦地呻吟了一声。达力赶忙用舌头起劲地舔起它的伤口来，贝蒂马上又陶醉在温馨甜蜜的感觉里。但当达力要进一步亲热时，一种深重的罪恶感和耻辱感猛然从心底腾起，它猛地跳起来反抗，强忍着伤痛用牙齿和四肢同达力厮打。然而，发狂的达力强劲得很，重伤的贝蒂渐渐力不能支了……

人狗奇情

像世界上一切事物都难免会有例外一样，在瓦其卡这个世代以狩猎为生的鄂伦春族群居的小村里，最优秀的猎手竟不是鄂伦春人，而是本村这个唯一的汉族人。

母亲离开人世的那一年，为了实现捕杀一百只狼的夙愿，他游猎到了这一带。一天，恰逢安嘎遇到了一只巨大的棕熊，并展开了一场惊心动魄的肉搏。安嘎当时还是一个少年，父辈们都说他将来一定是个有出息的猎人。听大人们讲，猎熊要用刀而不是用枪，而且要把熊逗得火冒三丈时再置其于死地，这样得到的熊胆胆汁格外饱满。结果，他在同棕熊搏斗时却被打掉了猎刀。危急关头，老猎人闻声赶到了，他朝天放了一枪把熊吸引过来，待熊扑来时身体迅速一闪，左手把猎枪拄在地上，一尺多长的三棱刺刀便穿透了熊的胸膛。是棕熊自己扑到刀尖上的。惊恐的安嘎都看傻眼了。当晚，在十几位鄂伦春猎手参加的酒宴上，老猎人简直被捧上了天。

从此，他便在瓦其卡定居了。

但此刻想起这些却使他感到痛苦，因为刚才在野狼谷简直是仓皇逃出来的。当时，那只冲向他的狼和那只半路拦截它的狼同时摔倒后，他飞快地又往树上爬了足有两米。狼们无可奈何了，只好伸着舌头、流着口水死死盯着他。天完全黑透后，他从子弹袋里摸出装汽油的小瓶子，打开瓶盖吸进嘴里一口，又掏出一盒火柴，嘴里边喷出汽油边擦着火柴点燃，飞身从树上跳下来，长长的宝蓝色的火舌驱走了狼群，才使他逃脱险境，回到了简易猎棚。

此刻，透过草棚缝隙，他凝望着深邃幽远的夜空。雪原上静悄悄的，除了稀稀落落的几颗星星在不停地眨眼，仿佛世间的一切都已进入了僵死的状态。

沉寂容易唤起往事，使人感到孤独。

而这孤独感的折磨又全部来自于那条被他遗弃了的猎狗……

是一种天赐机缘才把两个生命的命运连在一起的。

那时，由于他整日钻山进岭，错过了选择配偶的最佳年龄。年近五十了，瓦其卡村的同行们给他领来个刚死了丈夫的赫哲族女人，她带着一条狗。"这狗真大，真好！"此话他重复了不下十次，对狗的主人却看都不看一眼。赫哲族女人伤感极了，但她理解他，理解猎人，留下狗就走了。临走，她反复叮嘱他："记住，这狗叫贝蒂，它叫贝蒂……"

他喜欢这条狗就像泥水匠必须要有一把顺手的瓦刀一样，一个猎人怎能没有一条好猎狗呢？

事实证明，贝蒂也确实是条好狗。

记得有一年，安嘎知道了他有要杀掉一百只狼的誓愿时，一再怂恿他去野狼谷。结果他俩刚进入谷口，就被狼群包围。那时，安嘎也已成了大小伙子，枪法也很准。但当他俩干掉三五只狼后，狼群便围而不攻了。几次想冲出来都没有成功，只好点起篝火在森林里过夜。夜晚，饥饿和寒冷严重威胁着他们。这时，卧在身旁的贝蒂突然站起来，长时间地舔了舔他的手，然后狂吠两声便钻进了森林。一阵激烈的狗吠狼嚎之后，周围又寂静下来。他和安嘎都以为猎狗丢开他俩逃走了，然而又一阵狗吠狼嚎过后，贝蒂带着满身伤痕汗淋淋地跑了回来，它叼回一只雪兔。他俩把兔子烧熟吃光，贝蒂仅吃到一点内脏。凌晨，贝蒂又闯出狼群，带来了瓦其卡村所有的猎人。

这件事发生后，老猎人更加喜爱自己的猎狗了。但在老猎人眼里，它仍旧是一条狗，只不过比别的猎狗要勇猛一些、忠诚一些罢了。他们之间那种奴役与被奴役的关系仍然没有任何变化。直到贝蒂又一次帮助老猎人死里逃生。

那是北方一个百年不遇的无雪的冬天。北方的冬天一旦没有雪，瘟疫就会像雪一样漫天飘舞。猎人病倒了，倒在了一个数十里内渺无人烟的荒野里，贝蒂每天都叼些干草把他拱起来垫在身下，并像神圣的天使般高昂着头日夜守护他。有时还伸出温凉的舌头舔他的脸和手，嘴里同时发出一阵呼噜呼噜的哀鸣。

一天夜里，他在沉睡中突然被惊醒，贝蒂正紧张地拱他。见他醒了就忙把立在旁边的猎枪叼到他手上，而后箭一般地钻出窝棚射向黑暗之中。他马上意识到发生了怎样的危险，但他挣扎了几次都未能起身，只好躺在草铺上端枪倾听外面激烈的撕咬声。一切又都恢复平静后，贝蒂回来了，带着满身血迹和皮肉被撕裂的创伤，右后爪上还拖着一只防备狼袭击的钢板夹子。

他强忍着病痛用双手抱住了它的头，冰凉而且黏糊糊的血沾在他手上脸上。

贝蒂温顺地接受着主人的爱抚，但伤痛很快使它浑身战栗起来。它呻吟着艰难地伏下身，把那只带着狼夹子的爪伸到他面前。他颤巍巍地伸出手用力掰夹得死死的夹子，但病魔已折腾得他没有一点力气，几次努力都失败了。贝蒂龇牙咧嘴地站起来，拖着沉重的狼夹挪出了猎棚。少顷，外面传来一声撕心裂肺的惨叫。待再次见到它时，狼夹子已经不见了。

贝蒂自己咬掉了那个被夹住的脚趾。

后来，他就昏迷了，整整一天一夜人事不省。即使这样贝蒂也没离开过一步。而且，每当他一醒过来，贝蒂就把酒壶和水壶叼到他手里。

这一次从死神的巨掌里逃出来以后，他竟像父亲一样溺爱起他的猎狗。贝蒂也很乖，平时总爱默默地俯卧在他旁边，目不转睛地观察着他的脸色。见他高兴时，它也兴高采烈地同他玩耍；他的脸沉下来，它就悄悄地用爪扒开门出去了。他尤其喜欢它静静地望着他时的那个样子，它的脸虽然永无变化地没有任何表情，但那双眼睛却总是水汪汪的，饱含着它内心里折射出来的爱憎。

他至今还在怀念那双满含深情的眼睛。

但他怎么也不能明白，当那头熊扑过来时，贝蒂为什么没有拦截呢？尽管他被扑倒的同时猎刀也刺进了熊的心脏而他未受丝毫伤害，尽管他把熊刺倒时它也冲上来了，但在生死攸关的一刻，这种背叛行为简直就是最卑鄙最可耻的出卖。

这种出卖在狩猎场上最最不能令人容忍！

然而，今天，他脑海里出现的却是他们在一起时耳鬓厮磨的日日夜夜。当时，他赶跑了贝蒂以后，安嘎曾在瓦其卡周围找了它一天一夜。这几年间，他知道贝蒂曾多次去瓦其卡村，曾多次走进过他的小院，但那时他没有想得更多。而今，他却有些懊悔了。假如当年不同它分手，今天绝不会在野狼谷遇险，此刻也就不会孤零零一个人躺在这里。

突然，他又想到：野狗会变成狼的，变成比狼还凶恶的狼。假如贝蒂还活着，会不会也已经变成了狼呢？老猎人不寒而栗地打了个冷战。

天狼星高高地悬在西天，东方已经出现了鱼肚白。破晓前的北国荒原真冷，冷得令人觉得犹如回到了几百万年前的冰川世纪。

一阵清脆的马蹄声在寂寥的雪原上响起，远处传来安嘎拖长了的焦急喊声。

老猎人走出窝棚时，安嘎已从汗气腾腾的马背上跳下来了。

"大叔，您一夜没归，真怕您出现意外……"他看见了老猎人被咬破了鞋尖的乌拉，"大叔，您受伤了？"

"不碍事。"老猎人的脸腾地红了，"没伤到筋骨。"

"您又进了野狼谷？"

"我们回村吧。"老猎人羞于正面回答，慌乱地整理着披挂。

"我一定替您报这狼咬之仇！"

回村的路上，在穿过那片兽迹遍地的雪原时，老猎人意外地被一行足印吸引住了。他发现，深深陷进镜面般光滑的雪地里的足迹中，有一只爪子缺了一个脚趾……

狼狗大战

在远古蛮荒的时代，狼和狗本是同族的，但后来种类一旦形成，无论由狗变成狼还是由狼变成狗，都需要一个在心灵原野上艰难跋涉的历程。

当达紫香漫山遍野地喷红吐艳的季节来临，当神秘阴暗的山谷里虫鸣鸟啼充满勃勃生机的时候，贝蒂顺利分娩了。

它生了两个儿子四个女儿。

世界上有什么能比初次做母亲时的心情更甜美和幸福呢？贝蒂觉得自己简直成了山谷里最值得骄傲的皇后。它挨个给孩子们起了名字。它最喜欢小女儿贝白。贝白最后一个生下来，身材小，体质弱。正因为这样，哥哥姐姐经常欺侮它。每次喂奶贝白总是被它们压在下边，或者干脆被拱到旁边，它们不让它吃奶。因此贝蒂对它格外照顾，每夜都要多让它吃一遍奶。六个孩子中，贝白也最乖最懂事，平时不像哥哥姐姐那样乱窜，惹得妈妈到处找，总是把小脑袋枕在前爪上，伏在它身旁，歪着头一动不动地注视着母亲；有时还用那柔嫩的小舌头在母亲身上舔来舔去，弄得它痒丝丝的。

贝蒂几乎把所有精力都用在了孩子们身上。它每天带着它们做各种滑稽的游戏，教它们辨别各种气味和声音，训练它们用牙齿切割和突然撕咬的方式来战斗。有一次还把孩子们领到永远也不见阳光的山涧里，这里的冰雪还没有融化，它要教它们学会在口渴时用爪敲破冰面。每当此时，贝蒂心里不免要生起一股无名怒火和一种深深的怨恨。它虽然很爱自己的孩子，但同时又清醒地知道，它们终归是狼，是狼的后代。它因此而怨怨自己竟如此爱着它们，因而不时对孩子产生一种敌视和仇恨。当孩子们在那种弱肉强食的本性驱使下，为多得到一口奶或一只小小的动物恨不能争得你死我活时，贝蒂就会把其中的一个狠狠地叼住。若不是马上意识到这是自己的亲生骨肉，它肯定会一下就咬断它的脊梁。

爱与恨本来是根本对立的感情观念，而残酷的现实却硬要把两种水火不相容的东西混在一起。这种现实本身就已十分可悲，但更为可悲的是贝蒂一直不能摆脱这种备受折磨的痛苦。

它时刻都在想着，一定要回到老猎人身边。即使在同孩子们最开心的时候，它甚至都在想，它所抚养的是六只小猎狗该有多好啊！每到深夜孩子们都睡熟了，它便会发出轻轻的哀号，像狼一样的哀号。哀号中满含着无限的惆怅、思恋和痛悔。

它的心在阵阵地刺痛。它想起到野狼谷之前，它一直在瓦其卡村附近流浪；它想起有一次它曾叼着一只乌鸡——听说那东西可以治心血管病——悄悄潜进过主人那个小院，但村里那些鄂伦春狗已辨认不出它的毛色，把它当成了一只狼；它想起闯入野狼谷后与主人的那次相见……那次救了主人，它发现自己忠于主人的天性竟还存在着。

后来，它又和主人相见过一次。

那天，漫天飘舞着纷纷扬扬的鹅毛大雪。饥饿了一天的它钻出野狼谷来寻找食物，遇到了一只雪兔。它正追得兴起，侧旁突然闪过一个黑影，它立刻伏下来，准备躲闪随时都可能飞过来的枪弹。透过缓慢无声飘落的雪片，它发现黑影竟是自己的主人。主人苍老多了，古铜色的脸上棱角已不分明，而且布满了刀刻般的深褶。它下意识地站了起来，像他们分手时一样，既不靠近，也不后退。老猎人既未向它开枪，也没有任何要收留它的表示，而是猛然把猎枪举向天空，发狠似的砰砰放了两枪，然后头也不回地转身走了。

当时它没有跟他去，它自己也不知道为什么。

如今，它却懊恼极了。当时为什么不往前凑几步呢？为什么没有讨好地摇摇尾巴呢？假如真的那样去做了，兴许就不会受此刻这样的煎熬了。三年来，它曾努力去习惯荒野生活中的一切，结果还是不能习惯，尤其在同类死后其他狼分食尸体时，它更加不能习惯。

它一直极为厌恶狼的生活。

它永远也不会成为一只狼。

每当想到同主人在雪地相逢的情景，贝蒂就会更加烦恼。它暗暗下了这样的决心，待孩子们大一些，可以自食其力的时候，它就马上离开它们，离开野狼谷，大胆走进猎人的方形小院，陪伴主人一起度过晚年——哪怕以死为代价！

就在这时，一件意想不到的事件突然发生了。

一天，多日不见的达力突然回到了山洞，它带来了一只长着两颗小虎牙的年轻母狼。进洞后，达力既未向贝蒂打个招呼，也没向孩子们做任何亲热的表示，相反，却开始往洞外驱赶它们。小贝白被达力粗大的嘴巴叼起时拼命挣扎着，发出一声尖细的惨叫，它那鲜嫩的毛皮肯定被达力咬破了。那只小母狼也在帮达力的忙，用嘴巴把贝白一下甩出老远，摔在坚硬的石头上。

贝蒂明白了，这两个奸淫的家伙是来强占住室的。假如让它们得逞，自己和孩子在这炎炎的酷夏里到何处居住呢？但它又怕打斗起来伤了孩子们。待那只小母狼又把贝白衔起来甩到远处后，贝蒂凶神恶煞般地猛扑了上去。等贝蒂又立即跳开时，小母狼从眼睛到颚骨的皮肉已被撕了下来。

贝蒂也采用了西伯利亚狼的作战方式。

小母狼痛苦地嚎叫一声，带着脸上那块耷拉着的血淋淋的皮肉蹿出了山洞。

贝蒂紧追不舍，也一跃跳出了洞口。

在谷底一片林荫环绕的洼地里，贝蒂赶上了那只小母狼，一场惊心动魄的厮打便在潮湿的草地上展开了。贝蒂虽有高大的体魄和受过猎人专门的格斗训练，无奈已近垂暮之年，而且正值哺乳期，身体组织中精华部分的大量输出已使它变得虚弱不堪。它渐渐觉得力不能支了。但就在贝蒂马上要被小母狼击垮时，它那坚硬的牙齿也咬住了对方的腰部。只听咔的一声脆响，小母狼那窄细的脊骨被切断了。

几乎与此同时，达力气喘吁吁地赶到了。

沸沸扬扬的厮打声还吸引来了大批的狼群。野狼谷所有的狼几乎都到齐了，密密麻麻地挤满了洼地。它们明白眼前在发生着怎样可怕的事情，主动散开把贝蒂和达力围在了中央。

一场生死决斗是无法避免了。

达力龇牙咧嘴，高高耸起钢刷般挺直的毛，身子差不多是伏在草地上一步步紧逼过来的。贝蒂强烈的母爱遭到践踏后，也使它愤怒得浑身发抖。它瞪圆血红的眼睛，几乎把脑袋缩到了肩胛骨里，警惕地防备着对手会蓦地跃起闪电般地撕咬。

达力首先发起了进攻，呼啸声中，尖牙咯咯响着咬向贝蒂的脖颈。但是未能成功，仅撕裂了贝蒂左肩上的皮。扑空的达力却没能及时跳走，贝蒂横过肩膀的同时，一口咬住了它大腿的根部。一块肌肉连同韧带和动脉血管已被猛地拽了下来。

它们谁也挣脱不开了，上下翻滚着扭成了一团，不时发出阵阵沉重的喘息声、受到重创时尖厉的嚎叫声。每听到这种声音，蹲坐在四周的狼群就会响起一片欢愉的啸声。

贝蒂的体力就要耗尽了，每咬一口都要付出全身的力气，而且一口不如一口准确。达力终于从扭打中挣脱开来，它惯用的西伯利亚战术又得以充分发挥，而贝蒂面对这种突然撕咬的攻势，几乎失去防备能力。几个回合后，它的肩、膀和臀部都已被扯破，露出了鲜嫩的血肉。

在眼看就要被击垮的关头，贝蒂突然心生一计，夹起尾巴佯装败逃。达力哪里肯放，咆哮着紧追过来。

狼群也沸腾起来，响起一阵欢呼声。

贝蒂在前面拼命地狂奔着，蹿出了洼地，钻进了山谷，又掠过了它和孩子们居住的山洞，当它全力准备在达力同它首尾相接，它再回头冷不防实现那致命的撕咬时，突然发觉达力已无踪影，紧跟在后面的狼群也不见了。

贝蒂惊疑地停下来，警惕地扫视着周围的山石和草丛。这时，远处传来一声长嗥，它听出是达力的声音。这声拖得长长的嗥叫在山谷里回响，随后整个野狼谷的狼一个接着一个地发出同样的嗥叫。

这是野狼谷所有的狼发出的声音。

贝蒂不知发生了什么意外的事件。

它已无暇顾及这些了。

当遍体鳞伤的贝蒂一步三晃地回到山洞时，它禁不住大吃一惊：孩子们不见了！

它搜遍了所有密林草丛和满山的大小岩洞，也没见孩子们的踪影，所有的狼也都不见了。当它焦急万分地又回到山洞，努力迫使自己冷静下来以后，猛然嗅到了一种异常的气味！

这是人的气味！

有人劫走了它的孩子们！

是达力带着所有的狼去追赶了！

从杂乱的足迹可以断定，狼们是去了瓦其卡。瓦其卡，老猎人就住在那里！它一下想到了主人的安危。

夜幕降临。贝蒂翘首长嚎一声，发疯似的冲出山谷，像一支离弦的箭，射向黑暗之中⋯⋯

贝蒂倒在血泊中

凡有生命的地方就会有情感存在，正是情感存在中的抗衡和统一，才使这个世界显得更加永恒和充满活力。

玉盘般剔透晶莹的月亮一动不动地凝滞在空中。微风的骤然停歇并没使人感到燥热，反而觉得凉飕飕的。每夜都一阵紧似一阵的蛙鸣不知何时也停下来了，村落里偶尔响起的一两声犬吠传得那样遥远。

寂静的荒原安恬美丽极了。

然而，它却过于寂静了。

静得令人感到虚伪，而虚伪的背后又必定潜藏着杀机！

一盏昏暗的煤油灯下，老猎人正在精心地擦拭猎枪。一双青筋暴露的满是老茧的大手，在僵硬地摩挲着锃亮的枪身，随后握紧着的枪栓被猛地拉开了。老猎人把一片白纸放进弹槽，又把枪口倒过来，迎着灯光观察膛内的来复线。不知是线条磨平了还是眼睛看花了，枪膛里出现了一团混浊的雾。他用力眨了眨眼，看到的还是雾———团乳黄色的雾。

"不行啦，老喽！"

老猎人慨叹的同时，内心里又在激烈地反驳。这怎么会呢？他曾吃过不止十个熊胆，听人说吃了这种东西，即使百年过世时眼睛也是雪亮的，身子骨也不会有什么大毛病。每次打到鹿第一件事就是开膛剖解鹿的心脏，喝光心泉里那一汪鲜血。那可是鹿心血呀，世界上头等的补剂。人参、鹿茸、虎骨和灵芝浸泡的陈年烈酒，他也一直没有断过。可近年来胳膊腿明显不灵便了，总是硬邦邦的，一天转悠下来就像风雪吹倒的猎棚一样散了架子。

"是的，老了，终于老了！"老猎人放下猎枪，内心里不免思绪万千。

衰老的根源还是来自那条猎狗。

在野狼谷，他最终回味起来，还是记起了它。狭路相逢，他就像了却了一块心病，但又像多了块心病。当他再一次见到它时，确认了它那半截耳朵还没长出来，确认了它还是那副高大的骨骼和宽宽的胸脯。与以前不同的是，它浅棕色的毛已变成了灰白色——正由于这样，野狼谷遇险那天他才追踪了它近二十里。

煤油灯的火苗啪地跳了一下。老猎人心里蓦地随之一动，像是突然悟出了什么。

他一定要把一生狩猎刚刚才悟到的这种东西讲给安嘎听。他要告诉安嘎，作为一个猎人，一个出色的猎人，不仅在于百发百中的枪法，也不仅在于打中猎物后那长时间的等待，等待猎物自行倒毙的那种耐性。最最重要的是，要想打败一切天敌，使自己成为大自然的主宰，还要具备猎人那种恢宏的气度。

老猎人决定了，明天一早就去野狼谷，去找回自己心爱的猎狗贝蒂，而且一定要带着安嘎一起去。

安嘎，安嘎今夜怎么还没来？

老猎人这时才发觉，外面真是静极了，静得有些异常。仿佛一切都进入了酣睡的梦乡。

安嘎推门而入，带进来一股阴冷的凉风。

"大叔，我替您报了野狼谷被围之仇了！"安嘎用衣袖擦着脸上的汗，把猎枪放在炕沿边，"今天掏了它们的老窝，六个狼崽全端了！"

"狼崽子在哪儿？"

"我放在了院子里。嘿，这几个崽子从小就不是东西，还咬人哩……"

老猎人突然把猎枪往地上一蹾："安嘎，你闯下大祸了……"

像在证实老猎人的断言，一阵震慑人心的狼嗥猛然划破了夜空。那凄婉、哀怨和暴怒的叫声在荒原上空飘散开来。

犹如镜子般平静的湖面投下一颗巨石，静夜的帷幕一下

被扯得粉碎。

瓦其卡村陷于狼群包围之中。

顷刻，孩子的哭叫声，母亲的哄劝声，以及此起彼伏的犬吠狼嚎声响作一团。

恐怖之神撒下的巨网，一时间笼罩了只有三四十户人家的小村。

声势浩大的狼群进行着疯狂的报复，村里不时响起鸡鸭鹅狗、猪马牛羊绝望的哀鸣。

猎民们对凶残的恶狼进行着血腥的惩罚，随着一阵紧似一阵的枪声，狼群中不断传出悲怆的惨叫。

安嘎带着一支由二十几个年轻人组成的马队，一会村南，一会村北，时而出村，时而又进村，枪弹、刺刀和铁蹄筑成了一堵流动着的铁壁铜墙，所过之处，一片血泥肉酱。

在这场混战中，老猎人一直没走出他的小院。他先是用绳子挨个拴住六个小狼崽的后腿，把它们拴成一串，再把绳头拴在小院门口的桦木桩子上，然后才用枪托捣碎了一扇窗子，隐蔽在屋子里静静等候着。

随着一声声老狼呼唤小狼的长嚎，达力来到了小院附近。刚才在野狼谷是它先发现狼崽们失踪的。在同贝蒂的搏斗中，它就已发觉贝蒂不似以前那样勇猛凶悍了，当它突然悟到贝蒂是为了孩子几乎已耗尽了所有精力和心血时，就不免怜悯起贝蒂和孩子们了。于是，格斗中起码有两次可置贝蒂于死地的机会都被它放弃了，追赶贝蒂时它也越来越觉得不起劲了。当它追到山洞口时，一种从未有过的父爱迫使它极力想看看儿女们，同它们尽情尽兴地亲昵一番。但迎接它的这当头一棒简直把它打蒙了，于是它带上野狼谷所有的狼旋风般冲下山来。它要血洗瓦其卡，救出自己的孩子，以平复内心对儿女们负债般的歉疚。

世间就是这样，一种东西往往在它失去之后，才显得更加宝贵。

达力此刻恨不能马上就得到自己的孩子。

但它终归是群狼之首，是一只比一般的狼更为狡猾的头狼。当它来到猎人的小院前，透过稀疏的木桩缝隙，望到孩子们的同时，也看见了窗子里伸出的一支乌黑的枪口和后面那双发着亮光的眼睛。

达力立刻又低低地长嗥一声，佯做什么也没看见的样子绕过了院门。它从屋子后面跳进桦木墙，沿着屋檐悄悄来到窗前，选定了既能一跃即可咬住枪口后面那颗脑袋而对方又看不见自己的进攻位置。达力知道，要得到自己的孩子，必须首先干掉那位狡诈的猎人。

猎人还在焦虑地等待着来救狼崽的老狼，他万万也没想到一张精心策划的死亡之网已向他抛来。

达力两条有力的后腿弯下来了，獠牙利齿的血口也已慢慢张开。就在它马上要挺身一跃的千钧一发之际，贝蒂突然赶到了。

它马上就意识到了将要发生怎样可怕的事情，只要瞬间的犹豫都会造成自己主人的死亡。它这一次没有丝毫犹豫，嗖地凌空跃起，闪电般地扑到达力身上，同它扭打在一起。

　　达力愤怒到了极点。它无论如何也不明白，贝蒂为什么会这样。它完全可以在它扑向猎人时，乘机咬断拴着孩子们的绳索，再把它们带到安全的地方去。达力突然想起在野狼谷袭击猎人时，贝蒂也是在这种关键时刻拦截了它。但达力已无暇再细想这些了。它瞅准贝蒂的脖颈用力一口，随着牙齿切割发出的咯吱一声脆响，贝蒂全身猛然一震，然后慢慢瘫软在地上。

　　达力已置一切于不顾，它疯狂地反身一跃便蹿到了桦木桩旁。它即使舍掉自己性命也要救出自己的孩子。然而，它的四只腿刚在地上站稳，一声沉闷的枪声随即就响了起来，它猛烈地摇晃了几下，倒在血泊之中。

　　"我的贝蒂——"

　　老猎人大吼一声，从窗口一下跳了出来，随后扔掉猎枪，抱起了血泊中抽搐着的贝蒂。

　　贝蒂的喉管被达力那锋利的牙齿切断了，热乎乎的鲜血从颈部破洞处像喷泉一样涌出来，顺着老猎人的衣襟一滴滴落在湿漉漉的土地上。

　　"贝蒂！我的贝蒂……"老猎人老泪纵横，一下搂过贝蒂的头贴在脸上，另一只手在轻轻抚摸着它满身的创伤。

　　贝蒂还没有断气，它忍痛挣扎着抬起沉重的头，用舌头无力地舔了舔猎人的脸。接着用那双饱含痛苦、哀怨和忧伤的眼睛盯着主人。它似乎在焦虑地询问：我就要死掉了，是吗？可我多么想再住一住那三角形的猎棚啊！咱们已经很久很久没有一起住过那种猎棚了……你不记恨我了吧？我怎么能解释清当年背叛你的原因呢？这下好了，全解释清楚了，我就要离开你、离开我的孩子们先去了；你还会继续行猎的，你还会得到一条或很多条猎狗的，但你却永远也得不到像我这样忠诚的了……我的孩子，是啊，孩子将怎样活下去呢？它们还没有断奶啊……

老猎人觉得贝蒂身子一沉，那双水汪汪的眼睛凝视着他不动了。这眸子多么像当年它观察他脸色时的目光啊！也多么像他们分手时它凝望着他的那种目光啊！只是这目光太黯淡了，太黯淡了……

不知何时，枪声早已停歇，老猎人的院子里早已站满了人。全村的猎手几乎都汇集到这里来了。

老猎人抱着贝蒂柔软的尸体，双眼饱含热泪，语无伦次地向大家讲述了他和贝蒂之间发生的一切。

沉默许久，所有的猎手们把枪口都指向了天空。

一阵震耳欲聋的枪声划破了黑暗的夜幕，在辽阔的荒原上空久久回荡着。

黎明悄悄地来临了……

若干年后，野狼谷已不见了森林，不见了狼群。瓦其卡村的鄂伦春人也多数弃猎务农了。野狼谷前那片无垠的雪原上建起了一个大型的现代化农场。

但安嘎还在继续狩猎。

只要这个世界上还存在着狼和其他兽类，猎人的名字就永远不会在世界上消失。

他经常策马驰进野狼谷——

因为，在谷地光秃秃的雪坡上，静静安葬着老猎人，还安葬着一条名叫贝蒂的猎狗，也有人说它是一只狼。

因为，在谷地前鳞次栉比的楼群中有一座颇大的公园，在一座用巨大的钢筋焊成的圆形笼子里，有六只高大健美的狼。六只狼中，贝白又最为突出地高大健美。

但历史陈迹已被无情的岁月洗涤得一干二净。无论是贝蒂还是贝白，这个世界上已经永远不会有人再知道或者再提到它们的名字了……

啊，野狼曾经出没过的山谷！